かおり風景①

1985
↓
1997

淡交社

かおり風景①　一九八五年〜一九九七年

香老舗 松栄堂監修　「香・大賞」実行委員会編

「香《かおり》・大賞」は、我が国唯一の「香り」をテーマとしたエッセイコンテストです。
二十一世紀に向けて、新しい時代像の模索が始まっていた一九八〇年代、
古くから香り文化を有するわが国のなかでも「香り」に対する一般の認識はまだまだ低いものでした。
一方で、人間の五感の活性化が求められた時代、
五感のひとつに深く関わる「香り」にも、より多くの方々の意識にとまるきっかけになればと
昭和六十年(一九八五)に「香・大賞」は創設されました。
毎年、数多くの応募作品から選ばれた受賞作品は
その年の〝香りの風景〟として作品集『かおり風景』に紹介されます。
この度「香・大賞」が三十年を迎えた記念に
『かおり風景』をひとつのかたちにまとめることにいたしました。
時代の変化をお伝えするために、現在では使わない当時の表現もそのまま残しています。
この本が、みなさまにとって香りある豊かな生活の彩りとなりますよう願っております。

平成二十八年

「香・大賞」実行委員会・香老舗 松栄堂

「香・大賞」三十年を迎えて

畑　正高
香老舗 松栄堂社長
「香・大賞」実行委員長

「香・大賞」が三十年を迎えました。たくさんの方々にお世話になって、数多くの香りの作品に出会うことができました。創設当時は、エッセイと写真の二部門がありました。

三十年前、世の中はまだ右肩上がりの時代。香りに立ち止まって生活のリズムや潤いについて考えてみるなどということは、ほとんど話題にもありませんでした。一方では、我が国固有の伝統的な美しさなども忘れ去られる様子が見えて、少しずつ危機感が生まれつつあった、そんな一九八〇年代中頃だったと記憶しています。

熱心な社内からの声に応じて父が発起したコンテストでしたが、小さな企業の中で全くの素人集団でしたのでその取っ掛かりもわからずにいました。その時にご紹介いただいたのが写真家の原栄三郎氏でした。私が初めてお目にかかったのは、表参道の喫茶店。その出で立ちの個性的な印象におもわずたじろいだ記憶は今も鮮明です。原氏のご紹介で藤本義一氏が審査委員長を引き受けてくださいました。父とご縁のあった中田浩二氏が応募された全作品に目を通して審査の基礎を整えてくださいました。この中田氏のお仕事は、三十回全作品に及んでいます。写真部門の審査は原氏と久里洋二氏。授賞式の前日、このお二人が新幹線から京都駅に降り立たれた時、あまりの強烈な雰囲気に震撼したというのが正直な記憶です。駅前のホテルで、ポケットから空の袋を取り出し同じ銘柄のパイプ煙草を買ってほしいと久里氏から依頼を受けました。特殊な銘柄を求めて、あわてて百貨店へ走ったのも楽しい思い出です。

今になって思い返してみますと、創設の当時、力を合わせてこのコンテストを立ち上げてくださった方々は皆さん現役の真っ最中。藤本先生は、胸の携帯ラジオをイヤホンで聞いてスポーツ新聞への記事を書いておられました。各界で忙しく活躍をされていた方々がよくも時間を割いて力を集めてくださったことと、改めて感謝します。「香り」という当時未知のテーマ所以であったろうと思います。

第九回の時には「香句会」を催しました。楽しい試みでしたが、予想を超える応募作品を前にして審査会は大変でした。一九九〇年代に入ったころ、写真部門の審査会では、常に『写真』の定義について の議論が起こりました。フィルムとデジタル写真のせめぎ合いでした。その議論は数年のうちに、コンピューター処理されているかどうかの議論となり『写真』にコンテストとしてかかわることの難しさを感じるようになりました。第十五回を節目に写真部門を終了させていただきました。原先生、秋山正太郎先生、そして中澤久和先生のご指導に感謝しております。

香りをテーマに寄せられた作品群は、実にユニークでした。花・香水・化粧品・故郷や家庭の味・果物・家族・生老病死などは定番と言ってよいと思います。三十年の期間を通じて常に取り上げられてきた主題です。一方で、思いもよらない切り口で、人と香りについて考えさせられる作品にも数々出会いました。

嗅覚を失われた方の体験談や、そのご家族のご苦労には考えさせられるものがあります。未だ、身体障害の一つとして認知もされず社会保障の対象として話題にも上っていないのです。

こんな話題もありました。地中深く掘り進む炭坑の暗闇と騒音の中では、緊急事態が発生した時のために、一定間隔で悪臭を閉じ込めた瓶が置いてあったそうです。瓶が割れて非日常な悪臭が広がることで、命の危険を察知して避難も可能となったとか。香りや匂い、悪臭と芳香という言葉の概念を改めて考える大切な機会をいただきました。

当初は、戦争の記憶に基づく作品にたくさん出会いました。出征の日、見送りの人々を待たせながら暗い階段の下で抱きしめてくれた母の胸の柔らかな香り。人生の最終章を生きる男性のエッセイに胸が熱くなりました。平成七年には阪神淡路大震災が起こり、審査委員長の藤本先生ご自身も被災され家具の隙間で九死に一生を得られました。その後の応募作品を通じて私たちも多くのことを学ぶこととなりました。平成二十三年の東日本大震災は、これからの作品に大きな爪痕を見せることと思います。

三十年続けるうちに世代が移り、戦争の記憶は最近の作品からは薄れてしまいました。それに代わるかのように、海外での体験や現代社会での孤独感、企業戦士の疲労感、豊かな地域文化というように時代を反映した話題を数多く寄せていただくようになりました。

「香・大賞」の三十年は、まさに社会の変遷を映しこんだ鏡のような側面を持ちます。移りゆくものと変わり得ないもの、日常と非日常、個を取り巻く家族や友人という小さな社会から地域・国・外国・地球環境、そして美しい自然や季節の移ろいなど、その中で一人一人が許された時間を人生として生きているのです。五感の一つ、嗅覚に働きかける香りが、私たちの生活にとってどのような意味を持ち働きをしているのか、これからも折々に心に留めてエッセイとして応募してください。お待ちしています。

藤本先生は、二十六回で審査を終えられました。二十七回からは、鷲田清一先生にご指導をいただいています。お二人ともとても守備範囲の広い関西人というところに、大きな流れを継承していただくことができたと喜んでいます。私は、京都に育まれた伝統産業の一員として、京都から「香・大賞」を発信し続けたいと思っています。世を去られた藤本先生・原先生・秋山先生のご冥福をお祈りし、そして父に感謝し、次なるステージへと歩を進めたいと願っています。

第30回『かおり風景』(二〇一五年発行)掲載

かおり風景① もくじ

香り　この見えない美学

藤本　義一
作家
「香・大賞」審査委員長

『匂い』を文学の世界に持ち込んだのは、正確にいえば芭蕉ではないかと思う。現在でも連句用語の基礎のひとつに『匂』という用語があり、これは芭蕉が自身の俳諧の特色としたひとつで、付け味と称するものである。

前句と付句とのもつ情趣が一緒になって、一層の情趣の上での味わいが深い世界の現出する付合をいうわけである。また、連句用語の中に『匂ひの花』というのもある。これは名残りの折の花の句を指していう。

それまでの和歌や俳句にも匂いは出てくるものの、定義づけはない。が、いずれにしても『匂』は、情趣をさらに盛り上げるための微妙な作用をするものという解釈が正しいように思われる。

情緒、余韻といったものが香りに集約されているといっていいだろう。それは、ほのかに消えていく煙の如きものというふうにとることが出来る。肉眼では到底確かめることが無理な超微粒子が自分の周囲に漂っていて、それが静かに消えていくのだが、鼻腔に一度記憶した香りは、いつまでも余韻を味わう大きな要因になっていくわけである。

私は心理学者ではないが、情趣、情緒を喚起する香り（匂い）を独断で分析してみたいと思う。

たしかに、香りは想像力を促す一番大きな要因であると思う。これは乳児、幼児の頃から、他の器官に比べて、大いなる想像を与えてくれるものだ。甘いミルクの匂い、また、味噌汁の匂い、いずれも食欲をまろやかに促してくれる。珈琲にしても酒にしても香りがなかったなら、誰も口にしないだろう。大阪では鰻の蒲焼の匂いを往来の人々に突きつけて、商売にしたたぐらいである。

この想像力は、次なる創造力をも与えてくれる作用をもっている。私の友人の作曲家は四季の花の匂いで作曲という創造力をかきたてる。これは、想像から創造に移る時に香りが仲介をしているためだろう。

これは私自身にも同じことがいえる。悪臭と強い音響の中では空想は羽搏《はばた》かないものだ。二十数年前、私は映画監督のK氏とシナリオを作るために宿を転々としたことがある。工場の硫酸銅の臭気に悩まされたので、次の旅館に移ったら新興宗教の教団が近くにあり、早朝から太鼓の音が鳴り響いたのだった。

では、いい香りは、何故に想像を生み、次なる創造に結びつくかと考えてみると、いい香りの中には、一種の心地いい緊張感と同時に、自由があるためだと思う。発想が自由に羽搏く空間が約束されるためだろう。これとは逆に、悪臭には、無理強いされた重苦しい緊張があって、自由が奪われてしまうということだろう。

花が芳香を放って人や虫を酔わすのは、人や虫に空想の世界を提供して、自由を自覚させるためであり、自由を自覚させて、共有の夢に同化させるためであると思う。目に見えない美学である。

第2回『かおり風景』(一九八七年発行) 掲載

新しい「香り文化」としての「香・大賞」の誕生

一九八五年。日本が戦後最も平和で豊かに見えた時代に「香・大賞」は産声を上げました。

この年、新社会人たちは「新人類」と呼ばれ、メディアは「ナウ」の情報発信に懸命な時代。

伝統文化である「香り」もまたその歴史の先端で新しい文化現象として注目されました。

香りとは何か。「香・大賞」のテーマに、期待と緊張感が高まりました。

審査委員長の作家 藤本義一氏は、畑茂太郎 香老舗松栄堂社長（当時）との対談で、
応募数の予想外の多さに「文学の分野で匂いを表現するのは極めて難しい。

香りはもの書きにとって手ごわいテーマ。

逆に一般の応募者の方には、ペンを持たせるおもしろいテーマだったのでは」と分析（作品集『かおり風景』）。

畑社長は、現代の日常生活の中で実際には香りのない気配にまで香りを感じる日本人に
「地球を取り巻く大気の流れのために日本に豊かな四季があるそうです。

日本人の感受性の豊かさはそのおかげなんですね」と感心。

新しい「香り文化」が出現する予兆とともに「香・大賞」はスタートしました。

1985

第1回［香・大賞］入賞作品

一九八五年募集・一九八六年発表

01

在宅証明

岡 勝子
53歳 東京都

二階の部屋でガタンと小さな音がして夫が起きたらしい。外はほんのりと明け始めたところである。寝巻きのままの、まだ眠そうな足音が廊下に向かい、洗面所で止まった。蛇口をひねって勢いよく水を流す。整髪料の香りが漂ってくる。何度も何度もたっぷりと振りかけているのか、かなり強く薫っている。私はこの香りがあまり好きではない。

無頓着な夫は、若いころ夏でも冬でも頭全体にさっと水をかけて櫛を使っていた。いくらなんでもという私の頼みで、ポマードを使うようになった。決めたことはよほどのことがない限り、新しいものにのり替えることはしない夫のポマード時代は十年ほど続いたであろうか。

子どもたちに「あんなのを使ってみたらいいのに。時代遅れになるよ」と、テレビに映し出された整髪料をすすめられて、今の液体のに変えた。これも使い始めて、もうかなりの時が経つ。私はもっと微かな香り、爽やかなものの方が好きだけれど、夫の性格を考えて、もう一度変えて、とは言い出しかねていた。

ある日、夫は意識不明になって救急車で運ばれた。間もなく意識も戻り元気も回復した。病気は何であったのだろう。原因を探すために三週間も入院した。その間、わが家から朝の香りが消えてしまった。

退院して数日経て、いよいよ仕事に戻ることになった日の朝、蛇口から流れ出す水音がして、香りが舞いおりてきた。おそらく洗面所の前は、跳ねた水でドット模様になっているにちがいない。

朝食の支度の手を止めて、二階を見上げた。朝のわずか十分間のこの香りを私は気にしないことにした。これは、健康な夫の在宅証明にほかならないのだから。

フレンドシップ・ティー

大森緋可子
42歳　主婦　東京都

その日は初雪だったとか……まるでクリスマスカードの絵の中で私が動いている様な、そんな美しい街の朝が私のロンドンでの第一日目でした。主人をオフィスに送り出し、さて子供と二人、イギリスでの「わが街」を探検しなくては……と、コートとブーツで身を固め〝イザ出陣〟と言う時に〝ピン・ポーン〟と、ドア・チャイムが鳴るではありませんか!!

恐る恐るドアを開けると、長身の見知らぬ外国婦人が、ほほ笑みながら立っていました。

「Mrs. オオモリ? 私はMrs. メイキンです。ようこそロンドンへ!! 何かお助けする事はありませんか?」

何と、私が文通していたイギリス人一家の奥様が、手作りのお菓子を持って訪ねて下さったのでした。初めての土地で、少々心細かった私にとっては本当に嬉しい訪問者でした。

早速、取りあえずお茶を……と思って、キッチンで紅茶を探しましたが、何とティーバッグが一袋だけ……主人の単身生活終了直後でしたから仕方ない事だったのかも知れませんけれど、本当に困ってしまいました。

仲々出て来ない私を心配してキッチンを見に来た訪問者は、すべてを察した様子でした。

「ジャパニーズ・ティーはないの？」

彼女は、私が手荷物の中から引っ張り出した玉露やウーロン茶、焙茶《ほうじ》の香りを熱心に確かめていましたが、その内、スプーンで少しずつブレンドして急須に入れ、最後にティーバッグの紅茶を加えてからお湯をそそぐと、要領良く和茶器をセッティングしてくれました。

「これは私達のフレンドシップ・ティー」

彼女は満足そうに言いながら深めの湯飲みの感触を楽しみ、自分のブレンドした香りを幸福そうに味わいました。日本人の私も、ちょっと変わったオリエンタルの香りにビックリしながら、でもユニークで温かい香りが嬉しくて心一ぱいに香りを楽しみました。このロンドンでの友情の香りを忘れぬ様、今でも時々ブレンドしては彼女を思い出す私なのです。

わが心の金木犀

天辰 芳徳
35歳 会社員 京都府

校庭の一角、音楽室の窓から、『エリーゼのために』のピアノ曲がこぼれ落ち、周囲には甘酸っぱい金木犀の香りが満ちあふれていた。金色の小さな花の前に立つと、頭の奥が痛くなるほど香りが迫ってきた。白いギプス姿の僕は、ひとり悔やし涙に耐えていた。

新人戦を一週間後に控えた野球部のキャッチャーだった。汗が作った塩の波紋を紺の帽子に浮かべて、夏の盛りを越え、一年半、球拾いとして耐えてきた。やっとつかんだポジション。あの日、十月八日。体育の授業は柔道だった。気の荒い教師に小荷物のように投げ飛ばされ、受け身を誤って左上腕骨骨折。全治二ヵ月。

チームは優勝した。一回きりの新人戦。僕がいなくても優勝出来たという事実は、認めたくないほどの衝撃だった。野球をあきらめようと思った。だが、誰にも引けを取らない野球少年。完治して復帰したが、キャッチャーの座はM君が占めていた。走者を完璧に刺殺するM君のスローイングには、脱帽せざるを得なかった。ベンチをあたためるピンチ・ヒッターの役割しか残っていなかった。

金木犀の香りは、悔しさを思い出させる。少年の僕に、大げさでなく不条理という観念を知らしめた。世の中は思うようにいかないという教訓を授けてくれた。そして、限られた自分の運命のなかで自分なりに何かを切り開いてゆくことを教えてくれた。打率こそ低かったが、僕は、代打男と呼ばれる勝負強いバッターに活路を見出した。

心の三叉路には、いつも金木犀の香りが漂っている。涙を誘い、涙と訣別せよとささやいている。小さな花から大きな香り。小さな昨日から、大きな明日。僕はいつも、〝秋〟のなかで生きている。

毒の入った小鑪

椋目スミ子
38歳　主婦　広島市

薄暗い農家の納戸の片隅に、古びた鏡台が有った。古びて黒ずんだ、葡萄酒色の覆布が掛かっていた。抽斗《ひきだし》は開けにくく、椿油が浸みこんでいた。抽斗の中に何が入っていただろう……。髢《かもじ》、白髪染めで染まったクシ……。

三十八歳で、母は私生児の私を生んだ。薄くなり始めた髪に髢を入れ、白髪の混じり始めた髪を染めて、少しでも若く見せようとしたのだろうか。あの頃の、あの山奥の村で、実の親兄弟、戦死した夫の親兄弟の近くで、私生児を生み、育てるのは、どういう事だったろう。三十歳で後家になって、男達からは下心混じりで親切にされ、男達の女房からは軽蔑と嫉妬で警戒され、口紅一つつけるにも気を使う生活はどんなだったろう。女が娘と二人、牛で田を耕し米を作って生きるのは、どんな事だったろう。

出しっ放しの嫌いな母が、あの古びた鏡台の上に、色も形も違う数個の小鑪を出しっ放しにしていた。ガタピシの抽斗に入れると、倒れて壊れるからか、それとも他の理由からか……。醬油の一升瓶ぐらいしかガラスを見なかった当時、それらの繊細なガラス鑪は異彩を放ってい、ある日私は尋ねた。

「おかあちゃん、それ、なんねぇ？」

鏡に向かい、クリームをすりつけてた母は、私を振り向いて恐い顔で言った。

「そりゃあ、毒じゃけぇ、いろうちゃいけんよ！」

確かに、美しいそれら小罎は毒液を入れるのにふさわしかった。私は納得し、それらに触らず、そしていつの間にか忘れた。

不思議な小罎の正体を知ったのは、いつだったろう。きっと、私にも香水をくれる人が現れた後にちがいない。今、私は、母が私を生んだ歳。

母の香り

林 由紀夫
50歳　農業　大阪府

老人性痴呆症の母が床に臥してから、たった一つだけ、脳裡に鮮明に生きていたのは、菊の香りだった。

母の菊好きは、大菊、小菊、懸崖《けんがい》作りに熱中した父の影響もあったが、菊をこよなく愛したといってよい。白内障を一度手術した母は、亡くなる前は殆んど見えなかったが、菊を求めることだけは忘れなかった。

生活のリズムも狂い、昼夜の区別もつかず老衰だけが忍び寄るボケの日々の中で

「菊……。菊がない」

と叫ぶのは、部屋に菊が活けてない時であった。見えなくても、香りで判るのだ。鼻をひくひく動かして、菊の香りがすれば、独り頷いていた。

菊を欠かすことが出来ない毎日でも、季節柄、菊のない日に他の花を活けると、直に見破った。何一つ通じない母なのに、菊の香りだけが生きているのだ。菊は亡き父であり、菊を慕う心は、夫婦愛の昇華であろうかと思い、私は菊を求めて走った。

母のいる部屋は菊の間で、襖をあけると、菊の香りがぷんと匂っていなければならなかった。老醜をさらした母の部屋に、菊の香りだけが、生の息吹を感じさせ、世話をする家族の心を和らげた。それは、菊が父を想う母の心であることの、素晴らしい演出効果であった。完全にボケている母に残された愛の心であろうか。

「お父さん……」

菊の香りに満ちた部屋でぽつりと言ってから、母は旅立った。菊に埋もれて天国へいった母は、その香りを思う存分味わっているだろう。母のいた部屋は、今も菊を活けて、菊の間としての香りを漂わせている。

安全と香り

廣嶋弘一
56歳　用務員　北海道

香りには、よい香りと、悪いといっては変だが、人に不快感を与える香りがある。この悪い香りも、使いようによっては、人間にとってとても重要な役目をすることがある。

トンネル工事、鉱山、炭鉱などの地下工事現場では、通気は死活問題となってくる。理想としては、新鮮な空気がいつも供給されていると一番よい。そよ風位の毎分六十米〜百米位がよいが、これでは、発破の煙が、除去できないので、もう少し強くしている。

大きな鉱山、炭鉱では、坑道面積が広いので、もっと風を、強く早くしている。あまり空気量が多いと、ものによっては酸化して自然発火をひき起すのでその加減さが大事である。

さて、人に不快感を与える香りは、この風を利用して、人々に危険を知らせるのである。

坑道の要所要所に、焼酎の二合びんみたいなものが置いてある。中に入ってる液体は、メルカプタンといって、腹をこわして、下痢してる時にでる臭いおならの香りだ。……香りといっては変であろう。臭いおならの匂いがでる液体である。

坑内火災が発生した時、誰でもそのびんを投げつける。こわれて臭気が風によって各現場にすぐ知らせる。

先山が後山に「お前!! へ、こいたな!!」とドナったという。「いや、おれでね」「二人しかいない現場で、おれでねば、お前だべ」本当にあった話である。しかし結果は、二人とも逃げて助かっている。実話である。

香りは産業界にとっても、重要な役割をしているのである。

人と香り

菅田恵
44歳　フリー通訳　大阪府

私は、ロッキーの山ふところをグレイハウンドのバスに揺られながら、二十五年前と変わらぬごつごつした岩間に生える緑の樹々を車窓に見ていました。

遠く家を離れてしまった不安と淋しさゆえに、落ち着かなかった留学生の私を、なぐさめ励ましてくれた人。今は、九十歳になる寮母のミセス・ファストと再会するのです。

この地方独特の石造りの素敵な老人ホームのロビーで私たちは、なつかしさをこめて抱擁の挨拶をかわしました。「メグミ、あなたの香りがするわ」と私の耳許でささやきました。久しぶりの再会はうれしいものですが、やはり年月の隔たりは隠せないものです。「お変わりありませんね」「相変わらずお美しい」「なつかしいお声ですわ」のような言葉に頼った会話を交わしていたら、すれ違いそうになる心のすきまをどこかに作っていたことでしょう。でも「あなたの香りがする」と言われた瞬間、年月の隔たりは埋めつくされてしまいました。

またある時、インドのカルカッタのマザーテレサの修道院にある、赤ちゃん専用の孤児院を訪ねました。貧困の中に生まれ、そのまま路上に置き去られたり、病母の命と交換に生まれ、そのままマザーテレサの許に預けられた子、そこにきた理由はさまざまですが、二百人の赤ちゃんがいました。私が抱き上げた軽く、頼りなげな赤ちゃんを見て「赤ちゃんの香りがしないでしょう」とシスターは言いました。修道院で赤ちゃんたちを愛情を持って、世話をするうちにやがて「赤ちゃんの香り」がしはじめ、どんなに重症の子でも「いったん香りを持った小さな生命」はひたすら成長に向かうと語られました。

人が「香りを持ち」、その「香りを知る」ことの素晴らしさと、「香りを与え、育くむ」ことの意義深さをしみじみとききました。

私と香り

小泉 勝稔
34歳 会社員 京都府

古いアルバムには香りがあった。母が古い箪笥の抽斗《ひきだし》から、ひっぱり出してくる重いアルバムである。樟脳の香りがあたりにひろがり、黒い台紙にはられた写真止めや、片隅が破れてしまった色褪せた写真から、強烈な樟脳の香りの間をぬって、カビくささと混じりあった、あの香りが漂ってくる。

アルバムから香りが消えて久しい。長男が生まれた頃、三日おきぐらいに撮った写真が何冊ものアルバムに納まっている。それらには時間を経ていないというだけではない、何か香りがないように思う。その香りとは樟脳の香りだろうか。違う。もっと胸をしめつけるような香りだ。強列な残ろう残ろうとする香りではない。ほのかではあるが胸をしめつける香りである。香りがなくなったのは写真があまりに日常にとけこんだからだろうか。ディズニーの主人公をあしらった表紙のアルバムを見るたび、母が夕食後の団欒に出してくれた、やたら重いアルバムと頁の間にうずくまった香りを思い出してしまう。

そのアルバムには、一枚のひどく心をゆすぶられる写真があった。二人の男と三人の子供達がカメラに向かって笑っている写真である。戦時下の外地ではないか。土ぼこりの匂いがしそうな、灰色の服と帽子をかぶった男は父だ。もう一人の男とこちらを向いている。くったくのない笑いを見せている三人の子供達は、見知らぬ現地の子供であろう。ひとつの家族ではないかと思わせる程、親密でやすらかな笑いだ。じっと見入る事が、はばかれるような思い。若々しい父と見知らぬ子供達。その一枚の写真は何か秘密めかした香りを残して、私の胸にいつもしまわれていた。生つばを飲みこむような嫉妬にも似た感情といえばよいだろうか。夕餉の後、母が取り出したアルバムから漂う樟脳と混じりあったカビくさい香り。色褪せた一枚の写真のもつ胸をしめつけるような感情。それらが混じりあった香りは、摑みようもなく遠い所で、確かな香りとして私の記憶の底の、少年時をゆすぶるのである。

香り

久保和友
58歳　無職　滋賀県

（1）

右　いせみち
左　中仙道
石の道標に　香りがあった
春風駘蕩
和気藹々
黒い土が　萌えていたから。

（2）

ふるさとの母から　笹ずしが届いた
信州の山里では
山菜やかんぴょう

椎茸を散らして巻いた
笹ずしは　まつりのご馳走
白いゴハンに　香りがあった
幼い日　焼畑で　野良仕事してみた
あの青空にも
きっと香りがあったのだろう。

（3）

土蔵をこわして車庫をつくるという
息子が　隅から　鉄砲風呂を見つけて
土蔵にも　香り
鉄砲風呂にも　香りがあるという
壁の　草鞋《わらじ》や　雨蓙は　白く変色して
外は　雨蕭々。

（4）

色硝子の窓の近くにランプをともして

よくしらべものをしていた父だった
燐寸《マッチ》の燃えさしに　気づいた
家系の香り
石油の匂いを　香りがおさえた
勝負あったと
外の　新月。

（5）

「十三夜人妻となる提燈は」
母がつくった　俳句である
十八歳での　香りを思う。

自由な創造の中で「香・大賞」は歩き始めました

「いい香りには自由がある」。

第2回の作品集『かおり風景』に書かれた藤本義一審査委員長の言葉です。

「それは想像を生み、次なる創造に結びつく」と。

そして、金賞受賞作品が、水仙の花の香りから歴史の断面を映像詩ともいえる鮮やかな筆致で描いた、女性の手による質の高いエッセイであったことで「香・大賞」の潜在的な可能性が一気に動き出しました。

作品集『かおり風景』の「香り放談」では畑茂太郎 香老舗松栄堂社長（当時）が、画家で芥川賞作家 池田満寿夫氏とバイオリニスト 佐藤陽子氏夫妻、そして写真家 原栄三郎氏を迎えて、それぞれの創作と香りの関わりについて語り合いました。

池田氏は「自分の作品に香りを感じることはありません。

ただ、それを見る方々が結果的に作品から香りを感じて下さることはあるかもしれない」と。

また、対象物を見ずにイマジネーションのみで作品を完成させるという池田氏の言葉を受けて、畑社長は「香料の配合の仕事も同じですね。目に見えないものを鼻だけで作り上げます」。

1986

第2回［香・大賞］入賞作品

一九八六年募集・一九八七年発表

02

水仙の花

譚璐美
36歳　通訳　神奈川県

中国が一年で最も華やぐ季節、それは「春節《しゅんせつ》」と呼ばれる旧正月である。

毎年この季節が近づくと、人々は水仙の球根を買い求め、水盤に入れ水をはり、小石を敷きつめて、丁度祝いの日に花開くように育てる。年始の客は、どの家へ行っても「恭喜発財！」（おめでとう）の挨拶と共に、甘く爽やかな香りに迎えられる。

私はその澄んだ芳香に包まれながら、今は亡き林柏生《りんぱくせい》の最期に思いをはせる。

あれは、もう四十年も前のことだろうか。あの頃中国は列国に分割され、権益を奪われ、息も絶え絶えだった。心ある人々は皆、祖国を自分達の手に取りもどす為に戦い続けていた。林柏生も確かに愛国者だった。それが蔣介石に捕えられ、面会も叶わぬ獄中生活。

そして、あの日――。

南京の刑場雨花台の空は抜けるように青く、太陽が頭上からのしかかってくる猛暑の中で、林柏生の死刑は執行された。

無念さが胸にひしひしと伝わってくるような最期だったと、夫人が語ったことがある。

血にまみれ、雨花台につっぷして事切れた彼の掌には、しっかりと雨花石が握られていた……と。

夫人はその指を一本一本押し拡げていった。かすかな音をたてて、石が指の間からこぼれ落ちた。

雨花石は雨後の花に似て、色とりどりの模様を浮き出させ、中でも赤の色は、血をしたたらせたような真紅であった。

夫人はその雨花石を持ち帰った。唯一の遺品でもあった。

今でも春節が来る度に、夫人はそれを水盤に敷き、水仙を育てる。石は水に浸って鮮やかな色彩をとりもどし、凜とした立ち姿の水仙を支える。やがて花が開き、澄んだ香りが広がると、林柏生の生きざまが彷彿として蘇る。

もう一度

竹下尚子
29歳　農業　熊本県

いつからそうなったのかわからない。姑と私との間には、溝ができている。他人《ひと》の目には、仲良くうつるらしい。

でも、私達は知っている。お互いに、見えない刃を持ち、傷つけあっている。たくさんの傷がある。傷口からは血が流れている。これは良心から流れる涙なのかもしれない。

「考え方を変えなければ……」物事は、取り方次第というところがずい分ある。せまくなった視野をひと呼吸して広げ、もっと肩の力を抜いて考えたらどうだろう。心につけていた鎧《よろい》をぬぎ、真心でぶつかったらどうだろう。

何度かぶつかってみた。その度に、裸の心は血を流した。そして私は、切られたら切りかえすことをおぼえた。

秋もなかばの頃、姑は味噌をつく。

よく洗った麦をせいろにかやし、かまどの火で蒸す。蒸し上がって湯気の上っている麦を、納屋に敷いたむしろの上に広げる。こうじ菌《きん》をふりかけよくかきまぜる。それが終ったら、紙をかぶせ、さらにむしろや毛布もかぶせる。それから二、三日後にきまって姑の一人言がはじまる。今日は少し冷える、もう一枚毛布をかぶせよか。ああ、まだこうじはねらん、それなら温たんぽを抱かせよか。

秋になるとくりかえされるこの一人言に、私は知らんふりをしてきた。

その朝、私は納屋の前を通った。ふと足を止めた。澄んだ空気の中を味噌こうじの香りが一杯に漂っている。こうじがねた。香りは不思議なほど胸に深くしみ込んだ。この香りを作ったのは姑。私は自分の心をみつめた。おおいかぶさるようにして麦をまぜていた姑の後ろ姿が浮かんだ。わが家の時の流れの中で、姑がこうして確実に季節を刻んできたことを思った。私にも言い分はある。でも棄《す》てではいけないと思った。何をなのかはわからない。

私は、もう一度と呟いていた。

りんごの香り

林　啓子
47歳　主婦　山口県

中学一年の息子の登校拒否は二か月にもなろうとしていた。僧帽弁逸脱症という心臓病の再発が表面上の理由で、彼の登校拒否症は父親への反発から始まったのである。

仕事が思わしくなく収入も激減したことに耐えられないのか、夫はここ一年、朝からでも酒を飲む。もともと愉快な酒ではないたちにうっぷん晴らしが加わり、夫は自分の持っている悪い部分を子どもの前でさらけ出すようになってしまった。

「こんな奴、親じゃない」と息子は酔い痴《し》れた父に冷たい視線を投げ、果てはとっくみ合いに及ぶ。そして父親を尊敬できなくなった子は、自分に閉じ籠もり、勉強を放棄し、遂に学校へ行くことすら拒否しはじめた。

弟妹が学校へ出かけ、陽が高くなってからようやく起き、父親が居ないことを確かめてから朝ご飯を食べる。それがすむとまた布団にもぐりこむか、だらだらテレビを見る。そうでなければ何を言われても馬耳東風でファミコンに熱中する。夜はいつまでも眠れず、明け方近くやっと、うとうとし、朝はまた起きられない、といった悪循環の毎日だった。

子ども以上に、私にも眠れない日は続いた。なぜこんなことになってしまったのだろう、母親として何がしてやれるだろう……。解答の出ない毎日は、一日がことさら長く、明日こそはと祈る気持で迎えた朝も、期待は裏切られ、家の中に重苦しい空気が充満していた。

ある朝、思いがけず六時半頃、息子が二階から降りてきた。胸にりんごを抱えている。そういえば昨夜、私が何げなく息子の枕元に置いてきたのだった。「お母さん、一晩中いい匂いがしていたよ。りんごっていい匂いがするねえ」「そう……それ、お隣りのおばちゃんに頂いたのよ。剝いてあげようか」ナイフを入れると、ひときわ強くりんごの香りが部屋に広がり、さわやかな朝になった。

その日をきっかけに、息子は朝、普通に起き、学校にも出られるようになった。

沖ぼっこ

大胡 一雄
60歳　市役所勤務　静岡県

冬になると無性にムロの干物が食べたくなる。妻がスーパーで買ってくるのではなく、朝、浜に干したのをその日の夜一杯やりながら食べるのがいい。

勤めの帰り干物を買いに浜へ出かけて行って驚いた。ブルドーザーとショベルカーが唸りをあげて砂浜を掘り起こしている。海岸にバイパスをつくるという。しかも黄色いショベルカーが動いている辺りは、かつて父の漁船〝松吉丸〟の船置場だった所である。

「大変だァ、大変だァ、松吉丸のおやじさんが、浜で倒れたよう」

早朝数人の漁師たちが、どかどかと重い足どりで父を担ぎこんできた。私はまだ布団の中にいた。

小学校二年の冬である。父は船方と夜通しイカ釣りをして、浜に戻った途端倒れたらしい。とび起きると、父はそのままいま私が寝ていた布団に寝かされた。目の下の父は陶器のような固い顔で息をしていない。母が、おとっつあん！おとっつあん！と泣き叫んで狂ったように揺すっている。そのせいかどうか、父は一時息を吹き返した。その時私は、父が沖ぼっこを着ているのに気がついて、とても可哀相になった。動かすことの出来ない父は、沖ぼっこという防寒用の漁着のまま横たわっていたのである。沖ぼっこというのは名のとおり、着古した半纏に継ぎを当てその上にまた何度も継ぎを当てて、ボロを寄せ集めて刺し子のようにしたものである。苦しそうな父を見て、私は思わず沖ぼっこを脱がせようとした。すると父は、一瞬鋭い目を私に投げてかすかに首をふった。私ははっとして父から離れた。その時父から、口ではいい表せない懐かしい香りがした。沖ぼっこに浸みこんだ潮の香りだったのか、死を前にした一人の漁師の最後の匂いだったのか——いまも分からない。

ショベルカーに掘り返されている湿った砂から、ふと、あの日の父と同じ潮の香りがただよってきた。

生きていた香り

荒井 岳史郎
62歳 材木商 群馬県

コンクリートジャングルの中で現代人は今、昔から身近にある自然の香りや匂いに飢えている。それが満たされないと不安がつのり、心がすさんで諸悪が生まれるようだ。季節の移りかわりを嗅覚が敏感にとらえた時、人間は〝ああこの香りだった〟と安堵する。

私の菩提寺の本尊は、木彫の不動明王である。仏師は佐々木五兵衛行定といい、定朝《じょうちょう》、運慶、康知《こうち》(康住)の直系で、寛文十年の作というから今から三百十六年前のもの。両脇侍《わきじ》をしたがえたこの本尊は迫力ある傑作だと思う。本尊修復が決まった時、私は住職から材種を調べてほしいと頼まれた。なにせ古いもので木目《もくめ》もさだかにわからない。何日かして再び寺を訪ねた私は、光背《こうはい》の火炎の先端に、ほんの少し真新しい擦過部があるのを見つけた。「ああ、それですか、宮殿《ぐうでん》から移した時、何かにかすったようです」住職はそう言って合掌された。いよいよ出番となった私は嗅覚に全神経を集中させてその擦過部に鼻孔を近づけ祈るような気持ちで両眼を閉じた。強い抹香の匂いが嗅覚を妨げる。私はねばる。すると、かすかに何か気品のある香りをきいた。なおも執拗にくいさがる。やがて私は心の中で確信の快哉をさけぶ。その香りは今や鼻孔いっぱいに拡がっていた。〝檜、木曾檜だ、この香りは尾州《びしゅう》に間違いない〃、私は商売冥利に尽きると思った。材木商の私が一番好きな木曽檜、木はだも美しいが、その香りはきびしく、高貴で、あらゆる材種に優る。木曽檜を製材する時だけ、私はきまってそのおがくずを大きなグラスに入れてその香りを楽しみにしているほどである。

不動明王は無垢の豊潤な香りを秘めて生きつづけていた。「木曽檜です」という私の言葉に住職は大きくうなずかれた。

お不動さんは相変らず例の忿怒《ふんぬ》の形相で私をにらみつけているのだが、なぜか私は彼?に親近感をおぼえているのだった。

だれもが弱い

沼田 慶裕
30歳 著述業 福岡県

赤ん坊の初々しい香り、お乳の匂い。この世で最も貴重なものだ。だが、私たちは結婚当初この貴重なものを全く望まなかった。私たちが結婚したのは今から五年前、二十五の時だ。妻も私も同じ年である。性格も似ていた。しかし、まったく異なっているところがあった。

そう、私は第一級の身体障害者なのである。妻はもちろん健常者だ。当然ふたりが結婚するにあたっては、様々な克服すべき障害、あるいは考えなければならぬ問題に事欠くことはなかった。わたし自身の将来に対する不安もさることながら、当たり前のようにのしかかってくる妻の親族からの反対も相当に強かった。そして結婚しようとする者たちにとっては、これまた当たり前の、子供の話も出ることとなった。と言っても、妻の両親からは後までこの問題を取り上げてもらえる事はなかったのだが、間に立ってくれた人が「大事な問題だ」と前置きして、わたしたち二人にこの点に関する心づもりを、はっきりするよう求められた。そしてこの時私たちは、将来たとえ子供を設けることが出来なくても、二人でやってゆくつもりであると答えたのを覚えている。それでなくても妻は、結婚後わたしの面倒をみてゆくだけでも大変だ。

ところが結婚して三年。意外にも子供ができてしまった。こうなったら覚悟を決めて生む（生んでもらう）しかない。いや、ぜひ生んでいただきたい。

こうして我家に初々しい香りを放って生まれてきた娘。その名も繭香（まゆか）。あれほど私たちの結婚に反対していた妻の両親も、たびたび我家を訪れては、孫のおもりに夢中である。

そう、赤ん坊の初々しい香り、お乳の香りには、だれもが弱いのだ。

ガーデニア

逸見 美智子
47歳　主婦　東京都

映画『旅情』をはじめてみたのは、中学三年の夏だった。クラスメートと甲府の映画館でみた。その後も名画座とテレビで『旅情』を数回みた。

アメリカのハイ・ミスに扮したキャサリン・ヘップバーンが、念願叶ってベニス見物にやってくる。夕ぐれのサン・マルコ広場で知り合ったロッサノ・ブラッツィ扮するイタリア男に花を買ってもらう。彼女は花売りの籠からガーデニアをえらぶ。そして〝学生時代に、夜会用のコサージュにガーデニアをつけたかったが高価で買えなかった〟と語る。宿に送ってもらう途中で、彼女はガーデニアを運河に落とす。男が思い切り手をのばしても届かず、花はゆっくりと運河を流れていく。

東京に住むようになってはじめての夏の日、下落合の駅まで歩いていると、くちなしの香りがした。八重咲の白い花の香りだった。ガーデニアである。山梨で咲く一重の星状のくちなしでなく、アメリカで改良された大輪の八重咲きのくちなしを、ガーデニアとよぶことをそのとき知った。

『旅情』を一緒に見た友人は原因不明の病気で失明した。痛みに耐えられず、目に繋がる神経を切った。病室の壁に頭をぶつけるほどの痛みからは解放されたが、両眼とも失明した。二歳になっている娘は、彼女の一年あまりの入院中に母親以外の女性になついていた。うすうす存在を感じていたその女性が台所に立った。彼女は小学生の息子をつれて実家に戻った。すぐに県立の盲学校で鍼灸を学んだ。その後中国まで勉強に出かけた。今は立派に開業している。彼女は、ガーデニアを見る機会があったろうか。学生時代、彼女は安保のデモにのめりこみ、私達はお互いに東京に住みながらそれまでになく離れて暮らした。彼女は卒業と同時に山梨に帰り私より早く結婚した。彼女はガーデニアを見る機会があったろうか。庭先から香るガーデニアに我が青春の旅情が切ない。

ひとすじの炎

今井 深雪
24歳 看護婦 東京都

去年亡くなった祖母は、一つの箪笥を残しました。火事にあって焼けだされた経験を持つ彼女にとっては、その箪笥は娘時代からの身の回りの品としては唯一のものでした。

決して高価なものではありません。どちらかと言えば粗末なものだったのです。その気になれば、祖母は、もっと立派で機能的な箪笥を揃えることができたでしょう。事実、数十年の間には他に何棹かの箪笥を祖母は買いました。けれども、その箪笥だけはどうしても手放すことはありませんでした。特別の愛着を抱いていたことは確かです。

今年の秋、一周忌として親しい者が集まった時、この古い箪笥をどうしようということになりました。誰かが使えば一番良いのですが、皆、それぞれに事情があって、そういうわけにはいきません。困ってしまいました。粗大ゴミとして捨てるなどということは祖母がこの箪笥に示していた愛情を考えると、とてもできそうもありません。

相談の結果、祖母が眠っている墓地の近くの空き地で、箪笥を燃やし、その灰を供養しようということになったのでした。

その日は朝から小雨が降っていました。祖母の涙雨かしら、と私は思いました。たぶん皆もそう思っていたかもしれません。けれども、はっきりと誰も口にしませんでした。祖母の不意の死がそうであったように、とても悲しく心苦しいけれど、仕方のないこと。皆はそうやって精一杯こらえていたのです。

なかなか火がつきませんでした。篳篥は必死で、最後の抵抗をしているように見えました。やがて、煙があたりに立ちこめ、顫《ふる》えのようなものを感じました。

とうとう火がつきました。同時に、深遠なかおりが漂いました。それは、祖母の、人生のかおりに違いありませんでした。

万葉人《まんようびと》も現代人も求めた香り、その無限なる神秘とは

この回の「香・大賞」の入賞者は全員女性でした。その年齢構成を見ると、十人の入賞者のうち、五十〜六十代が四人、二十〜三十代が五人と、ほぼ母と娘の関係。明治生まれの親に育てられ、子ども時代に戦争を体験した母世代と、高度経済成長期に育ったその娘世代でした。

共にそれぞれの年代で遭遇した「バブル」と呼ばれる時代に、書き残すべき香りに敏感に反応し、個々の作品で伝えました。藤本義一審査委員長は、その様子を作品集『かおり風景』で「(香りという)目に見えない無限の神秘に、郷愁よりも現実の安堵を求めている。現代人は過剰なほどの視覚的、聴覚的刺激から逃げ出したいが、生活がそこにあるがために、ただ香りにだけ安らぎの握手を求めている」と分析しました。

中田浩二審査委員は香りの表現について「古典文学も『香・大賞』の応募作品も、いくつかの表現形態に分類できる」と書いています（作品集『かおり風景』）。万葉の時代から変わっていない香りに対する感覚と、現代ならではの感覚。「香りエッセイ」は人間の感性の奥深さを示唆します。

1987

第3回［香・大賞］入賞作品

一九八七年募集・一九八八年発表

やっさんの林檎

幾上さき子
32歳　会社員　東京都

九州の大分にある私の実家は建具屋を営んでいる。そこへ職人募集の貼紙を見て、やっさんが現れた。

当時二九歳。以前働いていたところは、親方との口論がもとで辞めたとのことであった。口論の原因というのが、同僚の待遇のことで、やっさんが代わりに掛け合ったらしいのである。このことは、九州男児らしい武骨さを持った、いかにもやっさんらしい話である。

その武骨さ、要領の悪さが、新しい親方である父には好かれていたようだ。店の費用で自動車教習所へ通わせ、免許を取得させた。

やがてライトバン一台がやっさんの専用となった。朝夕の通勤にも使っていた。他の職人は自転車か、個人の乗用車で通っていたのだから、やはりやっさんは特別扱いだったのである。それでも他の職人達から妬まれるようなことはなかったようだ。後から入った者らしく出しゃばらず、分をわきまえるようなところがあったからだろう。

たまたま、店の車が全て出はらっていたとき、父と私はやっさんの車を借りて出かけることになった。もともと建具を運ぶためのものであり、かんなくずや釘などが落ちていて当然である。事実、他の車は一様によくちらかっていた。ところがやっさんの車は非常に綺麗だった。きちんと掃除されているのがよくわかった。

私はお客さんになったように、かしこまってシートに坐った。

「あっ、りんごがある」

「それ食べたらいけんので。やっさんがな、いい匂いがするけんち置いちょんので」

やっさんには、時々可愛らしい声の電話がかかってきていた。私も何度か取り次いだことがある。

なんとなくやっさんの林檎の意味がわかったような気がした。

かんなくずで睫《まつげ》まで白くなった父と私は車を走らせた。甘い香りが拡がった車内で私は頬が少し紅くなった。もう十五年以上も前のことである。

香り枕

藤田さち子
53歳　主婦　神奈川県

七十七歳の母は若い頃から、香り枕のこしらえをとても楽しみにしている。

材料は散歩や郊外へ出掛けた折に、野草や植物を摘みとって帰り、種類別に分け一度水洗いをした後、直射日光に当てるもの、あるいは陰干にと、その持ち味を壊すことのないように乾燥させ、指先で抓《つま》むとパリパリと砕けるまで面倒をみる。

枕一つ分の量はかなりなもので、近頃だんだん同種類の野草を集めるのが苦労のようである。すっかり乾燥させた後、母の工夫した布型に詰め、カバーの上に種類別の目印をつけ出来上り、枕の型も面白く、昼寝用から子供、大人、老人用まで揃っている。途中、母が楽しみなこんな遊び方がある。乾燥中に、雨や曇天の日、さらに夜露から守るために部屋中に綱を張り乾草を入れた笊《ざる》を吊し、家の者が揃った食後のひととき、笊の目から零れる馥郁《ふくいく》としたその香りを聞きながら香席を真似た遊びをする。蓬《よもぎ》、甘茶蔓《あまちゃづる》、枸杞《くこ》、蕺草《どくだみ》、山桔梗《やまききょう》、茱萸《ぐみ》、茶がら、等々、青草と違い乾草にしてしまうと色、姿ではほとんど見分けがつかない、そこで僅かな匂いだけを頼りにそれぞれの名を当てる。

私の息子などはどれも太陽の匂いがするだけだというが、心を静めて香りを開いていると、香道にふれた気分になる。丹精した香り枕は知人、友人に折をみて差し上げ、結構喜ばれているようだが、なんといっても一番のファンは今年八十五歳になる父である。香り枕とつき合ってずい分ながいが、夜床につき馥郁とした香りに一日の疲れを忘れ、時には野原に寝転んでいるような気分になるという。

季節やその日の天候に合せて替える母の思い遣りが香り枕を通して父に伝わるのだろう。

今日もまた、白い手拭いをかぶり野草を水洗いしている母の手に、茜色の夕日が、キラキラ光っている。

香り、そしてカタルシス

鈴木 静江
58歳 高校教師 北海道

その時、私は期末考査の試験監督をしていたのです。家庭科のテストで、三十名ほどの女子生徒が答案用紙に顔をつけるようにして、一心に鉛筆を走らせていました。

私は手持ち無沙汰を紛らすために、窓から外の雪景色を眺めたり、机間巡視をしたりしていました。初めに一回りした時、ある生徒（Kとします）の脇までくると、教室ではついぞ嗅いだことのない、香水とも違うやわらかな香りが馥郁《ふくいく》と漂っているのです。念のためもう一度巡回し、Kの横を通る時は殊更に歩を緩やかにして、香りの震源地はKであることを確認したのです。

化粧したり香水をつけたりして登校することは固く禁じられているのですが、Kの場合、正体不明の香りなので、注意すべきか否か迷った揚句、とにかく本人と話してみることにして、放課後職員室に呼びよせてKに訊いてみたのです。

真面目で学業成績も優秀なKは、いま時の女子高校生には珍しく恥じ入るように言うのでした。Kの言うところを要約しますと、

Kの家は市外地で酪農を経営し、両親とKの下に中二の女の子の都合四人家族で、四十頭の牛を飼っ

ている。Kも妹も登校前に飼料を与えたり牛舎の敷藁を出したりして、両親の手助けをする。一年三百六十五日、毎日牛舎の仕事の手伝いをしていると、牛の排泄物の臭いが人間の体に染み付いて、人前に出るのも気がひけてくる。そんなことを気遣って、Kの母親は二人の女の子の下着から一切の身につける衣類に香を焚き染めてやっていた。

この話を聴いて私は、Kに申し訳ないことをしたと思いました。

「で、あなたのお母さんはこの土地の人?」

と私は尋ねたのです。娘の衣服に香を焚き染めるような優雅な心の人は、荒々しい気候風土に生まれ育った北海道の人ではないように私には思われたのでした。

「東京の世田谷から、私の生まれる前に、入植したのだそうです」とKは答えたのです。

私は、まだ面識もないKの母親にお礼を言いたい気持ちにさせられ、代わりにKに素直な気持ちで詫びと礼を言ったのです。

待つ

田川友江
33歳　主婦　大阪府

我が家は今、不穏な空気の中にある。一触即発の危険性をはらんだ重苦しい空気の中に、重い、重い、空気が重い。

わたし色をした四角い布と、六年の間、実母と祖母の手で丹念に染められた長女の四角い布とを、ある日突然はぎ合わせできあがったパッチワークのような母娘《おやこ》関係。この十年、その縫い目が解《ほつ》れないように何度も何度も重ね縫いをし、一針の解れさえも見逃さず繕い、補強してきたつもりだった。

今年四月高校一年生になった長女は、その四角い布を自分色に染め直し始めた。その変化に目を見張り安堵し喜んだのも束の間、長女は自らの手で私との縫い目に鋏を入れた。「本当の親でもないのにガタガタ文句を言うな！」外向型の私の一方的な叱責に対する、内向型の長女の心の、この十年におよぶうっ積が一度に爆発したのだろう。大人への入り口に大きく足を踏み入れた長女の中で、私の存在は鬱陶しいものにかわっていくようだ。

反逆、そう明らかに反逆。長女は、私がこの十年、曲がりなりにも親ならば持ち具《そな》えなければならなかったであろう我が子への無償の愛という厄介な代物で、一度たりとも彼女をくるんでやることのなかった部分を敏感に察知したに違いない。私を否定する。つまりは父親までも否定し自分の殻にとじこもる。挙句は背のびした遊びの中で発散させる。危うい、危うい。しかし今はただ彼女を信じて静かに時の過ぎるのを待つほかはない。全ては自分自身に返ってくることをいつかは気づいてくれる時がくる。きっとくる。あと一年、あと二年……私は待つ。自暴自棄になるな、自分を大切に生きろ、としか言えない私自身が歯痒くも情けないが、どうあがいても実の母親にはなれはしない。それならばいっそのこと親という気負いを捨て、近い将来、つかず離れずの大人の女同志のいいつき合いができるよう、今この時を乗り越えたいと思う。

彼女の放つ香りは今強烈に重い。しかし回り道をくり返しながら、自分自身の肌のぬくもりと程良く溶け合ったオードトワレのような、ほのかな残り香の漂ういい女になって欲しいと願わずにはいられない。

もみじの酒

大西 季子
64歳 主婦 東京都

ひと足遅れて女湯から上ってくると、夫は宿のゆかたに半纒姿で窓際の椅子にくつろいでいた。町の灯を見たか、と言う。湯気で曇ったガラスを拭い、よけいきれいだったと得意がってみせた。

会津若松の東山温泉である。『二人で旅を』は私たちの夢であった。ようやく六月に会社を退いた夫と、秋半ばの東北旅行の第一夜である。

四十年の昔。軍人であった夫は、生き残った命を会社へ捧げたのであろう。早朝出勤の上、夜毎酒気を帯びての午前さま。不平のひとつも洩らそうものなら仕事に口を出すな、と一喝された。夫婦だのに別々の道を歩いているように戸惑ったり、しまいには、この世の酒のすべてがうらめしくなったものだ。

そんな若い日も過ぎ、私が病気ばかりの中年を、病みぬいての老境である。少しずつお互いに見詰め合うようになったと思う。暇になったら日本中を歩いてみよう！　いつしか合言葉になっていたのだ。

「お待たせいたしました」の声と共に数々のご馳走が並んだ。卓の真ン中に徳利が二本。注文しておいた地酒である。向かい合って坐ると、その一本を夫がとりあげた。「さあ」笑顔が私の盃を指す。指先を揃えて持つと、トクットクッと注がれる。替って私が酌をする。と、この時になって思い出した。昼間訪れた鶴ヶ城の桜の紅葉である。散り敷く中の一枚をバッグにしのばせてきたのだ。「一寸待って」と言いながら徳利の傍へそっとおいた。夫は紅染めの葉に目をとめると「もみじの酒か」と頷いた。

カチ、乾杯の小さな音がしてひと口ふくむ。甘くて浮きたつような香りに、ふんわりと包まれた。〈まるで新婚旅行みたい〉心の中で呟いた私に、夫がはずんだ声で話しかける。「おまえ、うれしそうだなあ」

人生の香り

土屋 雅代
34歳 会社員 東京都

五郎さんは、いつも背中をまるめて活字を拾っていた。活字ケースの間で、七十歳に近い五郎さんの白髪が、キラリと光る時があった。

私が、初校のゲラ刷りを持って行くと、五郎さんはすぐに活字を拾ってくれた。いろいろな専門紙の会社が出張校正に来ている。私の会社は後回しのはずなのに、私の上司が短気で「催促してこい」と、何度も私に言うのを知った時から、五郎さんは私の持っていくゲラ刷りを先にやってくれるようになった。ゲラ刷りを受け取ると、五郎さんはインキと鉛で汚れた指を近くの罐に向けて、「その中の飴、持ってっていいよ」と言うのだ。

五郎さんが活字を拾う間、私は活字ケースの中を散歩する。亡くなった祖父母を思い出して活字ケースを眺める。

祖父母は小さな印刷屋をやっていた。幼い頃、私が訪ねると祖母は印刷ミスをした紙を持ってきて、裏に絵を描かせてくれた。インキのしみついた黒い床に坐って絵を描く。まとわりつくと、祖母の割烹着はインキのにおいがいつもした。

「うろうろしていると洋服が汚れるよ」

五郎さんが声をかける。祖母も五郎さんと同じ台詞《せりふ》を言っていた。

活字が印刷所から消えることになった。五郎さんは「いろいろお世話になりました」と言って、ぴょこりと頭を下げた。仕事の途中なので、手には活字がのっていた。

ワープロが並ぶ印刷工場。洋服は汚れないし、校正室にインキのにおいも流れない。オフィスのようになったそのなかで、活字ケースの中に立つ五郎さんを思い出すと、あの重々しいインキのにおいがしてくる。それは、五郎さんと私の祖父母の人生の香りなのだ。

ほんのちょっぴり

林 祥代
10歳　小学生　山口県

暗くなってきたというのに、お母さんはまだ帰ってきません。おなかがすいたなあ。その内、兄ちゃんも「はらへったあ」とかえってくるでしょう。

そうだ！　ホットケーキを作ろう。私は、冷ぞう庫から、玉子と牛にゅうを出しました。それにメリケン粉とベーキングパウダー。作り方はかんたん。お母さんといっしょに作ったことは何回もあるもん！　大じょうぶ。ようし、お母さんが作るよりおいしーいのを作っておどろかせてやる。

私はあわだて器で玉子をいっしょうけんめいまぜました。カチャカチャ、シュワー。粉も牛にゅうもさとうも入れました。すこしなめてみました。あ、おいし～い。そうそう、忘れてた。あれを入れなきゃ。戸だなのおくに手をつっこんで小さい茶色のびんをとりだしました。お母さんが最後にボールの中にポトリと入れるやつ。何だかひみつのおくすりみたいなもの。小さい字でなにか書いてあるけど、はっきりわかりません。ふたをとるとフワーンとあまいいいにおい。

これこれ！　私はボールの中の材料にサラサラふって入れました。もっといれよ。ザッ！　あ、いれすぎた！　ま、いいやいっそうおいしくなるにちがいない。そして、フライパンにお玉ですくって焼きはじめました。フンフンいいにおい。でも、ちょっとすると、私は頭がいたくなってきました。あれえ、へんだなー。兄ちゃんが帰ってきて「何？　このにおい」と文句をいいました。そこへお母さんが帰ってきました。だからわけを話すと、

「あのね、さっちゃん。いい香りはほんのちょっぴりがいいのよ」と、おかあさんは少し笑っていいました。そして茶色のおくすりはバニラエッセンスというものだとおしえてくれました。そうか。いい香りはほんのちょっぴりか。私はつぶやきました。私は、ほんのちょっぴり大人になった気がしました。

線香

大胡　カツ子
54歳　主婦　静岡県

早朝五時。夜行列車は白夜のポロナイスク（敷香）の駅に着いた。九月のサハリンの夜明けは寒い。身震いして砂地にとび降りると、ソ連側の地方要員たち数人の黒いシルエットが出迎えていた。その後に、ひっそりと痩身の女の影があった。朴淑子さん？という思いが掠めた時、影が翻った。次の瞬間、女は軀ごと私にぶっつかってきた。咄嗟に受け止めかねた私は、女もろともひっくり返っていた。

女は声を出さない。ただ胸の高鳴りだけがこっちに伝わってくる。倒れる時、私は思わず手荷物をかばっていた。

「持ってきましたよ」私は女にいった。冷たい地面で女の小さい目が光って頷いた。そして一言「……ああ、香ります……」

朴淑子。五十四歳。ポロナイスク在住の朝鮮人である。終戦と同時に思いもしなかったソ連軍の背後からの攻撃に、国境に近い敷香の街は凄惨を極めた。留守家族は逃げ惑い、子を捨て親を捨て、阿鼻叫喚の地獄となった。

彼女は十一歳。目の前で母と弟が爆撃されて死に、一人異郷にとり残された。

去年、私は墓参団の一人としてポロナイスクを訪れて彼女と知りあった。「倶全一緒」と刻まれた墓石に、ともに水を注いでいる時、彼女はたまりかねたようにいった。

「お墓には日本人も朝鮮人も一緒に眠っているのに、朝鮮人はまだ故国に行くことが出来ません。もう四十一年ですよ。ああ、いつになったら父母の山河にお辞儀が出来るの！」

サハリンには四万の朝鮮人がいる。その大半が終戦当時の離散家族である。人々は望郷の思いに悩みながら年老い、生活の不便を忍んで故国に行ける日を待ち望んでいるという。

私が絶句していると彼女ははにかんでいった。

「もし、もう一度サハリンに来ることがあったら、どうか『線香』を下さい」

そして一年。私に出来ることはたった一つ。墓参団の一人として再び彼女の許に来ることだけだった。——線香を持って——

シャンペンシャーベット

裕子ドゥセ永井
25歳　ツアーオペレーター　スイス在住

「私の夫はフランス人です」

と言うと、女友達は目を丸くして「へぇーいいなあ」と言う。なにがいいのかと聞くとお洒落で、女性に対して優しいからなのだそうだ。

「青い瞳症候群」「アラン・ドロンシンドローム」とも呼ぶべきフランス人男性崇拝は、なにも私達の時代に始まったわけではない。

「アラン・ドロンのどこがいいの？　あの女たらし。やはり、ジャン・ギャバンよ」

と、遥々、外国から求婚しに来た夫との家族会議で母がつぶやいたものだから、父の顔色は増々蒼ざめていった。

ところが、うちのアラン・ドロン、パリのエッフエル塔に登れば、ひざをガクガクさせて「僕、高所恐怖症なんだ」と宣《のたま》う。東京のショットバーで「いくらですか？」と席を立った人を見て「『いくら』って何？」「『なんぼ』のことよ」「ふーん、あの人田舎の人かぁ」ですって。もちろん、このお陰で私は夫の顔をまじまじ眺めても、平気でいられるのだ。

先日、日本に用事があり私一人で帰国することになった。出発まで私の手を握りながら「早く、帰って来て」と涙声になるひょうきん者だから、空港にのぼりの旗でも持ってくるかしらと、期待（?）していたがそうでもなかった。「おかえり」と頬にキスして車は走り出した。家に着いて荷物をほどく私を見ながら、ニコニコしている。気味が悪い。

「何か冷たいもの　頂だい」

“Bien sûr, Madame”（もちろん　マダム）

数秒後、台所から「しまった」と言う夫の声。あわてて駆けつけた時には、ドン・ペリニオンのボトル二本が冷凍庫の中で粉々になっていた。

「君と二人で、飲もうと思って……」

口にすることの出来ないシャンペンシャーベットの香りの中で

“Merci cher Alain Delon”（ありがとう　大好きなアラン・ドロン）とささやいた。

笹の香り

石飛 幸子
33歳 会社員 京都府

仕事で「祇園祭」に使う厄除けの粽《ちまき》をつくる田中千代さんを訪ねた。

「粽づくりは一年がかりどすなあ。山奥まで熊笹を採りに行くことから始まって、採ってきたのを乾かして置いときます。しんに巻く藁も秋の収穫の時にもう、その次の年のことを考えて藁をこさえておきます」

段取りはすべて前の年から、百姓仕事のかたわらにコツコツと手間ひまかけて行なわれる。まさに女の手仕事と呼びたくなるようなものであった。

「たんと巻きますやろ。そやさかい、そのうちに掌が切れてきますのやわ。痛いもんです。こんなしんどい仕事でも不思議なことにそこそこの年齢になったら何とのう巻くようになるもんです。そやし、私の役も必ずだれかが受け継いでくれると思おて心配してしまへんねん。祇園さんの粽を巻かしてもろて三十年。元気で働けるのも神さんごとを手伝わしてもろうてるおかげどすがな」

さらっと、こう言ってのけた千代さんに私は驚いた。機械万能の時代にあって、こんなしんどい仕事は私でもうやめますわ」といわれても決しておかしくなかった。「そこそこの年齢になったら、何とのう巻くようになるもんですわ」という経験からの言葉には重みがあった。土間にこさえた仕事場には粽が山のようにいくつも積まれている。巻いたばかりの青々とした粽の束からプーンと笹の香りがする。そして、その香りはそのまま千代さんの香りであった。一年がかりで祭りの準備をするプロとしての心意気。いい仕事のためには労力を惜しまない女の手仕事を私は笹の香りとともに教えられた。

昭和は馥郁《ふくいく》と香りを残し
次の時代は新しい芳香を放つ

一九八八年は昭和の最後の一年となりました。
激動の昭和は、戦争、戦後復興を経て、経済大国日本へ。
「香・大賞」が、その昭和から次の時代に移る時期に誕生したことは、
日本の香りの文化史を刻んでいく上で、とても意義深いことといえるのではないでしょうか。
世の中は昭和からの贈り物のようにさまざまなものに溢れ、
この頃の女性のライフスタイルの多様化は、ファッションを中心とする女性誌が物語りました。
特に雑誌『Hanako』の創刊は、貪欲な消費行動を見せる若い女性たちを「Hanako 世代」と定義。
同世代の男性からは「おたく族」も登場しました。
そんななか選ばれた作品には、終戦、今はなき故郷の風物、高齢化社会への不安など、
重みと湿度が感じられたのは、人間の心に及ぼす香りの影響力の計り知れなさかもしれません。
藤本義一審査委員長は、作品集『かおり風景』に
「思いがけずに香るのが馥郁たりという形容、自ら努めて放つのが芳香」と、
中国の歴史家、司馬遷と思しき老人の言葉を借りて紹介しています。

1988

第4回［香・大賞］入賞作品

一九八八年募集・一九八九年発表

トウモロコシの行水《ぎょうずい》

今井ミチエ
44歳　主婦　岐阜県

香り、匂い、そう思って真っ先に思い浮かべるのは、トウモロコシのうす緑色の絹糸（シルク）のかおりである。

豊かに実ったトウモロコシの皮をむく。粒ぞろいの、今にもはち切れんばかりの実がまぶしい。私はうすい緑色の、その名のように光沢のある柔らかい絹糸に、そっと顔を近づける。「ああ、いい匂い！」これは今も変らぬ、幼い頃からの、トウモロコシの皮をむく時の口グセ。

この大好きな香りをなんと表現したらよいのだろう。ほんのりと甘く、魅力的なかおり。少しだけ目まいがしそうでもある。懐しさがかおりになったともいえる。そのかおりは一瞬にして私をふるさとへ、幼い日のトウモロコシの思い出へ連れて行ってくれる天使のようである。まさにタイム・トンネルをくぐり抜けるかおりであろうか。

私は青森のいなかで育った。夏になると毎日のように、トウモロコシを庭の大ナベでゆでた。私は母と火の番をしながら何を語ったのだろうか。ゆで上がったトウモロコシは大ザルに盛られ、ナベの水はタライに移される。私はそこで行水をする。トウモロコシの色とかおりのする行水であった。庭のダリヤやグラジオラスを見ながら、トンボやチョウをながめながらの行水。いつ思い出しても胸がキュンとしめつけられるほどステキな思い出である。

行水のあとはトウモロコシをハーモニカのようにして、何本も何本も食べた。

今年も何度かこのタイム・トンネルをくぐった。家庭菜園には必ずトウモロコシを植える。私はこのかおりをほこらしく、いとおしく思う。生きている限りこのかおりを忘れないだろう。トウモロコシの絹糸に、このかおりを与えて下さった神様に感謝したい。

春の香り

伊藤かずみ
44歳　主婦　東京都

私は新潟県柏崎市の在所で生まれました。小さい頃、三味線を抱え、御詠歌のような唄を歌いながら村々を一軒一軒門付《かどづ》けして歩く女旅芸人越後瞽女《ごぜ》の一行を見かけました。

私の家は寺でしたので、瞽女さん達に「ごめんなんしょ。今夜一晩泊めてくんなせね」と頼まれれば、拒みません。本堂脇の座敷に案内します。その座敷の獅子が吠えている襖絵は戦前、旅回りの絵師が宿を乞い、お礼として描いていったものと、母は私に教えてくれました。

瞽女さんはたいてい三、四人が組になっていて、手引き役だけがうっすらと見える弱視者のようでした。翌朝の旅立ちの時、彼女達は一夜の賄《まかな》いに対するお礼の意味をこめて、門前で全員が声を揃えて、しきたりの宿払いの一曲を歌います。寺では家族総出で外に出て見送ります。

そんな時のことでした。手引きが「あんれまあ、一面の黄色い菜ん花畑じゃねえけ、春もすっかりたけなわじゃ」と、石段上の境内から村の畑を見下ろして感嘆の声をあげました。

すると全盲の一人が「黄色てんはどんげな色だろかのし。菜ん花は浸しにして食うと甘えいい香りがするすけ、黄色てんはきっとそんねえ春の香りのする色にちげえねえ」と言って、あたかも見えるような表情で春景色をめでています。真暗闇の世界にいても、ちゃんと季節を感じとり、色も分かっているのです。

小学生の私は走っていって畑から花を四、五本手折ってきて、瞽女さん達に渡しました。

「嬢ちゃんありがとさん。ええ香りだこて、春の香りじゃ」と、彼女達は口々に言いながら、花を着物の懐にはさみこみ、頭には瞽女笠、右手に三味線と杖、左手は真っすぐのばして先の人の担いでいる荷物の辺りにチラッと触れて、「さいなら、またくるすけなあ」と手引き役を先頭に縦一列に連らなって、次の門付け地へと旅立って行ったのです。

愛の香り

佐藤イネ子
68歳　無職　埼玉県

寡婦となって十七年目を迎えた。全く未亡人という言葉は名実ともに侘しい。市井《しせい》の生活に疲れ果てて絶望を感じる時、私は洋服ダンスの引きだしをそっとあける。下着類が乱雑に入っている右の片隅……。そこは私の回想の場所である。家人にも内証のものが秘めてある。「おとうちゃん、困ってしまったの。悪戦苦闘の連続で力がなくなっちゃいそう」とつぶやきながら焦茶色のウインターシャツを取り出す。古い古い十七年前の毛のシャツだ。そっとにおいをかいでみる。「いつまでも消えないね」。なつかしい芳香が鼻をくすぐる。「いいにおい」と思った瞬間夫の俤《おもかげ》がまぶたに浮かんでくる。微かに残っている体臭。私は男の体の香りがこんなにもふくよかなよい香りがするとは知らなかった。夫は昭和四十七年の春、職場で倒れ、その儘目覚めず深夜逝ってしまった。朝の大宮駅で「いっていらっしゃい」と左右に別れたまま……。結婚して三十年喧嘩一つせず仲よく過ごしてきたふたりだったのに……。恋愛二年間の楽しい思い出を秘めたまま。夫は我儘な私をいつも大きな心で包んでくれていた。欠点は若い時からの大酒……。軍人あがりの夫は次第に酒に溺れて遂に命を奪われてしまった。五十七歳。私の優柔不断が災いしたのかも知れない。が、夫を奪った酒は何としても憎い。

あれから幾星霜。悲しい時私の心を慰め、和やかにしてくれるのはこの香りだった。体臭をかぎ、訴えては泣いた。教員を退職してから九年になる。蝸牛のように家に閉じこもり、世間からも忘れ去られた無益の存在。風当りは強く、生きるのも楽じゃない。今夜も木枯しが荒れる。私はまたそっと遺品を抱きしめた。甘く流れてくる香りに最前迄の怒り、悲しみが徐々に薄れてゆくのを感じていた。

潮の香

中原 昭
62歳 会社員 東京都

ほぼ二十年のあいだ船員としてすごした。船員をやめてから二十数年もたつが、いまもそのころの生活がなつかしく、ときどき横浜の大桟橋に立って海を眺めている。波止場のはしに建つ通船待合所の前に行って、ただなんとなく海を見るのである。と言うよりは潮の香に身を包みに行くというのが当を得ているかもしれない。

この待合所のことを船員はサンパン小屋と呼んでいる。港内の浮標《ブイ》に繋留して荷役をする船や、入港手続きなどのために待機する船に通うボート（サンパン）の発着場である。

入港予定を電報で家族に知らせる。家族はその日時に合わせて港にかけつけてくる。港がこの横浜であろうと、博多であろうと、あるいは下関であろうと、妻は子を背負い、手をひいて神戸から来てくれた。

出航すれば三、四か月は帰ってこられないし、あるいは何か月ぶりかの帰港だから、ここでの訣《わか》れと出会いは、いつまでも心にのこるものがある。

入港関連の所定の事務を済ませて、定期的にやってくるサンパンにとび乗る。波止場に近づくにつれて、岸壁に立つ妻や子供たちの姿が目にとびこんでくる。サンパンのスクリューにかきまわされて、潮の香がより強く湧きあがる。

その潮の香りのなかで子供を抱きあげる。気恥ずかしげに妻のうしろにかくれて見上げる娘の顔、上気した妻の顔。年をへ、子供たちも大きくなって訣れと出会いの様子も少しずつ変化したが、サンパン小屋は訣れも愉しとばかりに、わが家族のそばにしっかりと建ちつづけ、潮の香はいつまでも消えることなく湧き立ち、郷愁をゆらめかして漂いつづけるのである。

いまサンパン小屋の前に立てば時の流れの速さを感じる。子らは夫々《それぞれ》成長し嫁を貰い、娘は可愛い孫娘を産んだ。妻は変わらず優しく元気だ。潮の香りが思い出をくすぐる。

最後の香り

羽成 幸子
39歳 主婦 神奈川県

「奥さん」買い物帰りの私を、か細い声が呼び止めた。声の方へ顔を向けると、見知らぬおばあさんが今にもよろけそうに立っている。麻痺しているのだろうか。表情のない左手は、ロウ人形の手のようで少しも動かない。右手には、重そうなビニール袋がひとつ。

「一緒に葡萄《ぶどう》を食べていただけませんか?」思わぬ誘いに、私は、戸惑いながら近寄った。遠慮がちな悲しい目、その哀れさがなぜか気になり、並んで道端に腰を下ろした。

「八十五歳になります。長生きし過ぎました」力なく笑うと、きき手で袋の中のひと房を、私の手の上に載せてくれた。

体が不自由になってからのタライ回しは、身の縮む思いがする。共に食事をしてくれる人は誰もいない……。目を伏せて呟くと、おもむろに、袋の葡萄をもぎ取った。押し込むように口に入れる。抜けた歯の隙間から、紫色の汁がこぼれて、襟元にゆがんだ丸い染みを作った。

「寝たきりになったら、地獄です」

まるで、念仏でも唱えるように、何回も繰り返す。時々、遠くを見ては目をつぶった。

（どんな人生だったのだろうか……）

ほのかに、甘い葡萄の香りが漂った。

ふと私は、このおばあさんの心の中が見えたような気がした。「呼び止めてごめんなさいね。でも、いい冥土《めいど》のみやげができました」

泣きそうな顔で笑うと、残りの葡萄を全部、私に手渡した。抱きかかえるように袋を持つ。甘い香りが鼻の奥につんとしみて、言いようのないせつなさが、重く、暗く、私の胸に広がった。秋の夕陽を背負ったおばあさんの影は長く、這うように地面に映っていた。

その後、私は再び、おばあさんを見ることはなかった。しばらくしてから聞いた人の話では、三日ほど寝こんで眠るように逝ったという。

匂いのする絵

原 真須美
27歳　家事手伝い　京都府

木炭がコトリと床に落ちた。裸婦のスケッチをしていた、油絵教室での事である。当時中学生だった私は、突然待ちうけていた裸婦デッサンに、逃げて帰りたい気持ちを押さえて、手を動かしていた。モデルは二十代半ば過ぎの女性で、つやのある黒髪を一つに束ね、細面の化粧気のない顔に、黒目がちの目が理知的な印象の人だった。

先生に促されるまま輪郭はとったものの、妙に気恥ずかしく、モデルさんの伏目がちの目とあう筈もない自分の視線を気にして、こちらが描かれているように身を固くして、手を動かしていたように思う。

床に落ちた木炭を拾おうとして、彼女の足許が光っているのに気づいた。ハッとして、上方に目をやると、磁器のように、白くなめらかな肌の上を、ゆっくりと胸もとから、一筋のしずくが流れていた。それが一体何なのか、解る迄に、私の頭の中で随分と間があったように思う。

「はい、休憩です」先生の声で、我に返った私の側を、彼女が足早に通りすぎた。母乳だったのだ。十分間の休憩後、何事もなかったように、彼女はポーズをとった。その彼女の頬に、うっすらと赤味がさしているのに気づいたのは、私だけではなかったと思う。紅潮した頬に、幾分笑みの浮かんだ口許が、匂うようにきれいだった。

冬枯れの、鴨川べりのアトリエでの光景だが、この季節になるとふと思い出すこの絵には、足の先が入っていない。恥ずかしさと怒りで、慌てて画いたからなのだろうが、愛着のある一枚となった。

その当時、彼女の心中など知る術もなかった私だが、産後間もない体で、モデルをしなければならなかった彼女の背景への怒りよりも、全てを取り去ってなお、体内から母である事を表現するものに打たれたのはどういう訳だろう。この絵を見る時、私は甘い匂いを嗅ぐような気がするのだが、香りとは、案外そんな勝手な、個人のイメージが造りだすものなのかもしれない。

師弟の縁

後田 粛子
40歳 元教諭 大阪府

水野冴子は母一人娘一人の母子家庭に育った。母親が水商売をしている境遇が、私立学園の上流家庭の生徒間で彼女を孤立させる原因になっているようだった。

冴子が生徒同志の争いで怪我を負わすという事件が起き、処分が問題になった。担任の私は、水野は本当は心の優しい生徒で、休んだ生徒の代りに花壇の水やりや、倒れた苗木に添木をしてやっているのはいつも彼女であることを報告して弁護した。

しかし校長は、被害を受けた生徒の親が会長をしているＰＴＡからの突き上げで、一週間の停学処分を決めた。

私は水野を呼んで
「卒業まであと半年だから頑張るのよ。あなたの優しい心は先生がよく知ってるから」

励ましてやると涙を浮かべて帰っていった。だがそれっきり、母親の意志で水野冴子は退校してしまった。後年、美しく成人した彼女に会った時、母の店でホステスを手伝っていると言っていた。

教師生活五年目の夏、私は「クモ膜下出血」で情緒を司る脳を侵されて精神病院に入院させられた。

一時的な精神錯乱状態だったが、校長は学校の名誉のため全職員に面会に行くことを禁じ、後に復職の望みも断たれてしまった。

親が隣県から来る以外は面会人とてない囚人同様の鉄格子の窓の外を眺めていると、看護人が花を替えにやって来た。陰鬱な病室が菊のかぐわしい香りに明かるんだ。

「あなた、学校の先生だったんだってね。教え子だと言えばわかるって差し入れしていくのよ、いつもこの人……」

病院の好意にしては豪華すぎると思っていた花瓶の花は、教え子の差し入れだったのである。

(……？　水野冴子！……)私は何の脈絡もなくそう直感した。

そして、同じ学校を追われた、似たような二つの運命を思っていた。

焚火

岡本 弘子
53歳 主婦 大阪府

戦争が終わった年、私は五年生だった。戦後の混乱に加えて、食糧難は深刻さをきわめていて、その為の犠牲者も少なくはなかった。そんな時、瀬戸内沿いの村の神社に一人の男が住みついた。特別の行事でもない限り、平常は人の近寄らない、さびれた神社だった。

私は兎を飼っていて、餌草を摘みに出かける度に神社の境内を横切るので、その男の事は誰よりも早く知っていた。男は色浅黒く、破れかかった戦闘帽を目深に被って、よく焚火をしていた。

ある日私は、男が石段に座って何か食べている様子を見て立ち止まったが、よく見るとただ口と手先を動かして、物を食べる真似をしているだけだった。家に帰った私は、野良に出ている家族の目を盗んで納屋に入り、さつま芋をセーターのふところ深く抱えこんだ。盗人になった恐ろしさと、何か使命感のようなものが入り混じって、私はまなじりを決して昏れかかる道をひた走り、神社に向かった。

さつま芋を受け取った男は、ううっと呻いて骨ばった大きな手で、私の頭を撫でようとしたが、私は思わず飛びのいてしまった。男は両手で芋を捧げ持つと、写生でもするかのように、角度を変えては見つめていた。半月もたった頃、ようやくその男の噂が人の口に上りはじめた。

「復員兵らしいがのう、火を焚くけん危いのう、こないだ徳さんとこの鶏が盗られたんはあの男じゃろう」

「大事にならんうちに警察へひっぱろうや」

大人たちの話を聞いた私は居ても立っても居られず、餌草を摘みに行くふりをして神社へ走った。

晩秋の風がセーターの編目に突き刺さって痛いほどだった。

「早よう逃げんさい、警察が来るけん」

「何も悪さをしとらん、心配せんでええよ」

初めて聞く声は思いがけず若々しかった。その夜、家の前を数人の男達が神社の方へ向かって通り過ぎて行くのを、私は息をつめて見た。

四十年を経た今でも落葉を焚く匂いに出会うと、あの頃の風景がなまなましく思い出される。

香りは時代の変化と
人々の思いを映し出して

時代の大転換期であった一九八九年。日本は昭和から平成へ。

世界では戦後の東西冷戦体制を象徴する「ベルリンの壁」が壊され通行の自由が認められました。

審査会では「香りが時局を映し出すかどうか」も注目点に。日本は「豊かさ」を享受している時代。

「香りとは本来、穀物が十分に実ったときの芳しい匂いを表したものであり、
豊かさのしるしである」と、それは同時に「香りの時代」でもありました。

「香・大賞」の作品群から見える、市井に生きる人々が香りをいとおしむ姿。

この回では五周年を記念して、第4回までに入賞した四人の女性が、藤本義一審査委員長を囲んで
香りやエッセイについて語り合う座談会が催されました。

「香りは見えないものなのに、書くべきものとの出会いが香りを触媒にしたとき、すごく新鮮に迫ってきた」

とは第1回金賞受賞者の岡勝子さんの言葉。

第4回金賞受賞の今井ミチエさんは、「トウモロコシの絹糸は一番好きな香りだから書けた」と、
その後同じテーマで童話を執筆したと語りました。

1989

第5回［香・大賞］入賞作品

一九八九年募集・一九九〇年発表

ワイシャツ

上田治子
29歳　無職　熊本県

年が明けると父の七年忌がすぐにやってくる。そんな師走のある日、父の愛用していたワイシャツが外に干してあった。

「どうするの、あのワイシャツ」

尋ねる私に母は、

「傷んでもいないから取っておいたんだけど、そのままじゃ仕様が無いし、紅茶で染めてエプロンにでもしようと思ってね」

と答えた。

私は、父の死後、家のあちらこちらにしていた父の匂い、ちょっぴりたばこくさい匂いを頭の奥の方で思い出した。私は誰も見ていないのを確かめると、それをそっと嗅いでみた。白いワイシャツは何も匂わなかった。

翌日、部屋中が紅茶の香りに包まれていた。ワイシャツは洗い桶の中で紅茶にたっぷり浸り、紅茶の色と香りを吸い取っていった。

紅茶色に染まり、きれいに洗い上げられたワイシャツは、太陽の光を浴び、風にふかれて気持ちよさそうだった。紅茶の香りがやさしく鼻をくすぐった。

ワイシャツは、カフスを切り取りゴムを入れ、襟をはずして、簡単なエプロンに変身した。あまり恰好の良いものではなかったが、母は嬉しそうに「どう?」と言って、着てみせた。私には、心なしか寂しそうにもみえた。

父が愛用していた頃のちょっぴりたばこくさい匂いは、紅茶の香りになり、やがて母の優しい甘い香りにかわっていった。

母のちいさな後姿は、父の愛情に包まれているようだった。

フランクフルトを鼻の穴に

菊地 克朋
14歳 中学生 東京都

放課後、家に帰ってドアをあけると、

「ワーオ！ テレビの前にカバがいる!!」

なんて、ほんとはお母さんがはいつくばって、夕刊を読んでいる。

「ただいま」って言いながらお母さんの、巨大なおしりの上にカバンをのせる。おしりは平らだから
カバンはおちない。

「なにすんのよ」

おしりをブルンとふる。

ドタッとおちてカバンは即死。

ぼくはひじでズリズリはって行って、

「ちょっとかして」と言って、フランクフルトのようなお母さんの指を一本ずつ鼻の穴に入れてみる。

指はオレンジのニオイ。今日のおやつはオレンジゼリーだ。

玉ネギのニオイの時はハンバーグ、ニンニクのニオイだったらぎょうざに決まっている。

お母さんの指のニオイでその日の夕ごはんがだいたいわかる。すばらしいぼくの鼻。

この前の夕方、家に帰っていつものように指のニオイをかいでみようとしたら、銀色ピンクのマニキュアがしてあって、お化粧のニオイがしたから（ぼくが学校に行っている間にお出かけしたな）ってすぐわかった。

マニキュアもきれいだけど、フランクフルトの指にはお料理のニオイの方が似合うと思うよ。

カバのおしりのお母さん！

父へのキッス

小田真由美
34歳　主婦　アメリカ在住

趣味もなく、仕事一筋の父とは食事を共にした記憶も少ないが、その父を思い出す時、すぐに浮かぶのがポマードの香りだ。

白地に黒い縁取りの十センチほどのスティックを手に持つと、父はカッカと心地良い音を響かせて頭に塗り、丁寧に櫛で梳く。ツンと鼻をつく香りには、たっぷりした甘さもあったが、幼い私の中でいつの間にかたばこの煙とだぶってしまったのかもしれない。半透明のポマードなのに、なぜか緑色を帯びたほの青い色のイメージが今だに焼き付いている。

私が成長するにつれ、その香りへの想いは様々に変化した。やさしさ、誇らしさに煩わしさが加わり、嫌悪を感じた時期も長い。が、父の存在が身近かに、素直に私の中に入ってきたのも、ポマードの香り故で、それは私の結婚披露の席上でのことだ。

余興に立った夫の友人は、会場の男性全員に紙テープを渡すと、端を握らせ、芯のほうを私の席に積み上げた。中の一本を私が引き、それを握る男性が花嫁、つまり私の頬にキスできるという。事前に父のテープを引くよう言われていたが、むろん父は何も知らない。前へは進み出たものの、皆の野次やロ笛の中、父は困り切って、棒立ちになっていた。

咄嗟に私は父の肩に手を置き、自分のほうからキスをした。顔を離す一瞬に、式服の樟脳や、勧められた日本酒や、朝使った石鹸のにおいが飛び込んできた。が、その後から、懐かしいポマードの香りが、真っすぐに入ってくる。ゆっくりと体中に染み渡る。父の姿が急にぼやけた。どんな言葉でも言い尽くせぬ父、その人が、香りの中にこもっていた。

今、私は米国に住んでいる。高い国際電話とは言え、父娘の会話は進まない。けれど、父の息づかいと共に、あのポマードの香りが必ず受話器を通して漂い、私はいつも薄青色の空気に包まれる。

ブルゾンの香り

萩原 圭子
24歳 会社員 茨城県

十九歳の彼は、デニムのブルゾンとジーンズが良く似合った。抱きしめられると、ブルゾンから彼だけの匂いがした。クリーニングの匂いと彼の体臭の不思議な調合。私は幸せな香りに包まれる。ふっと夢心地になって、意識が遠くなりそうになる。私は慌てて、全てを振り切って走り去ってみせた。遊ばれて、捨てられて、心身共ズタズタだった私。年下のガキは、絶望のどん底の心の隙間にまんまとしのび込んだ。年下なんて男の部類に入らない。自分自身に言い聞かせながらも、いつの間にか一緒にいられると、心がなごむようになった。一生懸命で、誠実な姿が、妙に新鮮でドキドキした。

私は「女優」だった。彼の心をもて遊んだ。必死になって拒むとわかっていながら、会う度毎に、別れ話を口にした。その気があるのかないのか自分でもわからない。ささいな事で、楽しんでイ、ン、ネ、ンをつける。愛し合いつつ別れなければならない——と、自分で作り上げた悲恋の設定に酔いしれた。痛いほどつかんだ手を振りほどいて、私はふり向きもせず走り去る。あとで、哀願する彼の声を電話口で聞くことを予定しながら。

去っていった男達への復讐だったのかもしれない。同じ男である彼に、私に夢中で意のままである彼に、世界で一番純粋な彼に、私は残酷だった。

あの日、心待ちにしていた電話は、予想外の一言だけだった。

「玄関のとこ、見て下さい」

私は慌ててドアを開けた。冷たいコンクリートの上に、先刻まで彼が着ていたはずの、あのブルゾンがきれいにたたまれて置いてあった。その上に、真赤なバラの花束をのせて。驚きと、うれしさと、悲しさといろいろな気持ちが一気にいり混じって涙があふれた。こんなにも愛されている。一人芝居をしていた自分がみじめで情けなかった。胸に抱いたブルゾンから、あの彼だけの香りがする。生まれて初めて届けられたバラの香りといっしょになって、私の高慢な心を洗った。なぜか、なつかしく、優しく、何より切ない気持ちになった。

四年たち、私が着こんだブルゾンから、あの胸をしめつけるような香りは消えてしまった。でも、幸せの香りの発生元である彼は、いつでもそばにいて、私をその香りの中へつつみこんでくれる。

夫の香りは、豆乳の香り

平野 美枝子
40歳 主婦 京都府

毎日朝早く、そして、休みなしで働き続けている夫の背中に、そっと顔を寄せてみる。甘い香りが漂ってくる。その香りに、ジェラシーを感じる時がある。夫は、明日の日の為に今日は早く寝ると言って、さっさと私達を後にして階段を上がっていく。えっ！ 今子供の学校の事を話そうとしていたのに……。

六年前、脱サラを決意し、家業の豆腐屋を継ぐからと告げたその日から、きっとこんな日が来ると思っていたら本当に来てしまい、平静で居られた日を数えるのです最近。

伝統の手造り豆腐を絶やしては自分の恥だとも言う。大量にスーパーへ卸している業者への対抗意識は相当なものだと見うける。

一途な性格は時に広く世間を見ようとしない恐い物知らずと取れる場合も確かにある。

作り続けて毎日の出来具合を何度も何度も自分が納得するまで口に運び、又、私にも食べさせて、意見を聞いている。目は真剣で、頭の中は、豆腐の事だけで精一杯、横から話しかけようが上の空、ブツブツとひとり言を大きな声で言っている様子は年寄りに似ている。夫の手は、熱い豆乳に触れて、白く太く、冷たい水に触れてはブヨブヨに変わりはてた。長い工程の末、出来上がった豆腐は、手造り独特の濃い豆乳の甘い甘い香りの、本当に、美味しい物なのです。この美味しさは一人占めする訳にはいかないと思う様になってきて、会う人全ての方の口に、「どうぞ、おひとつ！」と心の中でつぶやき、幸せを感じている自分に、ハッと気がつくこともある。

受け継がれてなお、発展させる事は難かしいが、夫は己れの道を信じてがんばっている。ジェラシーよ、さようならと言えた時、子供が、お母さん！ 油揚げの香りがするよ！

柚子

佐藤節子
50歳　会社員　徳島県

高校教師のM子は、世間並みの婚期をとっくに過ぎていた。だが、小柄で丸顔の彼女は年齢より遥かに若々しく、弟のような男子生徒から「誰が生徒か先生か……」と歌われるのが、内心自慢の種であるらしかった。

そんなM子が、農家の長男H夫と知り合ったのは、我が家で開いた趣味サークルのパーティの席であった。二人とも、もう決して若くない分だけ、深く静かに大人の愛を育んで約半年、結婚はもう秒読みとみられていた。

ところが、晩秋のある夜、H夫が深刻な表情で我が家を訪れM子との破局を告げたのだ。

「確かに僕は農家の長男ですが、打算で彼女と結婚しようなんて考えたこともありません。僕も含めて農家の長男の嫁不足は事実ですが、僕は純粋に……誓ってM子さんを愛して……」後は言葉にならなかった。H夫のM子に対する一途な愛が、激しい嗚咽になって迸《ほとばし》る。

一つの愛を失う悲しみに加えて、同じ立場の農家の独身青年が嫉妬でM子に流したH夫の中傷やデマそのものに苦悩する彼の涙に私は深く同情しM子の本音を確かめる事を彼に申し出たのである。そして一週間が過ぎた。

だが、H夫に彼女の返事を伝えに行くのは実に気が重かった。いやそれ以上に、息子の結婚を手ばなして喜んでいた彼の年老いた両親に会うのは、もっと辛い役目であった。

日曜の午後、意を決してH夫を訪ねると、幸い彼は一人で、柚子を収穫していた。私の表情ですべてを察したH夫は、「すみません先輩、結局、僕に魅力がなかったんです。こうなれば待ちついでに、いい人が現れるまで待ちますよ」とつとめて明るく振る舞ったのち「先輩、今晩、鍋でもして下さい」と彼は十個ほどの柚子を私に差し出した。その時突然哀しいような柚子の香りが私を包んだ。

それはまさに、過疎の農村青年のかかえる深刻な未来図にも似て、胸をしめつけられるような苦く酸っぱい香りであった。

老農の日記帳

渡辺 武任
66歳 農業 宮城県

得も知れぬ香りのする
真新しい日記帳に
敬虔な気持になって
書いた今年の抱負
寒さ一入《ひとしお》の元日の夜
あの綴りは
正しい楷書だった

斜陽一筋の農の業に
春のうずきはなかった
でも　自然は摂理のままに躍動を告げ
大地は創造のゴーサインを示し

野良いっぱいに号砲を響かす

よみがえる雑草の気概
老農我れの心のたかぶり
日記帳の香はまだ新しく
春の夜の筆は躍ってた

飽和　コスト高
どう弾《はじ》いても薄き報いの汗の収支

長い農の歴程
こんな翳りがあったはずだ
御先祖さまに恥ずかしい
耐えなくちゃ　励《はげ》まなくちゃ
この野良の出来栄えに応えるためにも
新たなファイトを燃やした夏の夜
忍耐と努力の字を大きく書いた

日記帳に
汗のにおいがしみ込んでいる

悠遠の不変の法則で四季はめぐり
結実の秋となる
自然が奏でた実りの交響楽だ
その余韻に浸りながら
来年こそは　来年こそは　と
にをいの褪せた日記帳に書く
達観じみた気持で。

母の香り

加古智子
35歳　主婦　兵庫県

父親の違う姉と初めて会ったのは、十四年前。私が結婚を目の前にしている時でした。母から姉のいることを聞かされ、働いているという銀行まで、長いバスに乗って会いに行ったのです。髪の長い、色白のきれいな人でした。里子に出され、苦労もしたであろう姉は「事情は大体知ってるの。お母さんを恨んじゃいないから大丈夫。これから仲良くしましょうね」と、優しい声をかけてくれました。

そんな姉と何度か会っただけで、私は結婚し田舎をあとにしました。出産、育児と続き帰郷しても姉と会う機会がなかったり、また姉の方も結婚したりしてここ八年位会っていなかったのですが、今年の夏やっと会えたのです。

それぞれの夫と娘達を共に、楽しい何時間かを過したのですが、姉は子供に恵まれない体で、もらい子をしたばかりでした。

自分も里子に出されて育ち、また人の子を育てる。ひにくな運命です。

「私を育ててくれた人には感謝してるの。だから私も恩返ししなきゃ」と明るく笑う姉に、私は思わず涙が出ました。母とも時々会ってくれているらしく、有難く思いました。

自分が結婚して、母親になってみて初めて親の気持が解ってきましたが、姉とて同じでしょう。

ふっと上の娘がいいました「お母さんとおばちゃん、おんなじ〃お母さんの香り〃がするね。おばあちゃんと似てる」

目が合った私と姉はニッコリ。同じ母から生まれた娘達ですもの、やっぱり何か通じるものがあるし、それは目には見えないものの方が多いだろうけれど、私達自身感じているのです。娘にはそれが〃お母さんの香り〃として感じられたのでしょう。

タンスの中に見つけた古い母の手帳。置いてきた姉を想って綴った歌ばかり。

「つたえたし　我子に乳を飲ませつつ
置いてきし子に　母の香りを」

きずな

羽成 幸子
40歳　主婦　神奈川県

（代われるものなら……）の思いをよそに、私は生後一ヶ月の娘を、両手で押さえ付けた。悲鳴のような泣き声が、診察室に響く。

下まぶたの端から鼻に向って、長い針が入れられたのだ。右、左。二本の針端が、痛々しく光っている。

「三十分間、動かないように抱いていて下さい」別室のソファーに案内され、私は静かに腰を下ろした。新生児涙道閉塞。生まれつき、涙道がふさがっていたのだった。

泣き叫ぶ顔が、赤茶色に変わり、小さな握りこぶしが震えている。

（せめて、乳首を含ませることができたら……）と、思った瞬間。私の薄地のブラウスは、見る見るうちに湿ってきた。べっとりと胸から腹へ、透けて冷たく拡がる。

母親の本能という確かさに驚きながら、意志とは関係なく湧き出る乳の、染みの動きをじっと見つめた。――ようやく五分。泣く声はかすれ、口元がぴくぴくと動いた。乳の匂いがわかるのだろうか……。

私は片手で娘の体を支え、空いた手の人差し指を、そっと口元に当ててみた。乳首と思ったのだろう。顔を小刻みに横に振って、貪《むさぼ》るように吸い付いた。なま温かい感触が指先を引っ張る。乳の張りがさらに痛い。

濡れたブラウスの弛《ゆる》みをつねるように、娘の手がつかんだ。一ヶ月前まで、私の体の中で動いていた手が、今、私のブラウスをつかんでいるのだ。締めつけられるような愛しさに目の前がかすんで、娘を抱く手の力がゆるんだ。頭の位置がずれる。全身、火のように熱いものが走って、思わず息をのむ。

やがて三十分。

長い緊張の時間《とき》が過ぎた。思いきり抱きしめて、乳首を含ませる。固く握っていた手はやわらかく開き、汗と混じった甘ずっぱい、乳の香りが漂った。

東ベルリンの香り

稲坂硬一
59歳　会社員　福岡県

一九八九年十一月九日の夜（現地時間）冷戦の象徴「ベルリンの壁」に東ドイツの手で風穴が開けられ、ブランデンブルク門の周辺は、東西ベルリン市民のお祭り広場となった。

壁の上では東西ベルリン市民が抱き合い、あちこちでドイツワインやシャンパンが抜かれた。瓶を呑み回す乾杯のどよめきは、テレビを見る者にも馥郁とした〝平和の香り〟を感じさせる感動的な情景であった。

「歴史の流れだなー」と独り言を言いながら、私は鼻の奥に記憶されている東ベルリンのツーンとした香りを思い出した。

もう十年近く前の事である。私は所用の為入国ビザを取得して、厳冬の十二月に初めて東ベルリンを訪れた。

西ベルリンのツオー（動物園）駅から乗り込んだ古い電車の木製の床と座席の油の臭いが「体制の違う異国に入るのだ」という私の緊張を増幅した。約十分で四つ目の終点、フリードリッヒ・ストラーセ駅に着いた。

入国スタンプを貰い、大きな扉を開けて、薄いモヤのただよう街に一歩踏み出した私は、ツーンとした、やや刺激的な香りに包まれた。

「この香りは記憶がある。何の香りだったろうか？」歩きながら考えたが思い出せない。

翌日、都心のフンボルト大学の前で、歩道に山積みされた「黒い煉瓦」（東ドイツ製豆炭）を見た時、昨日どうしても思い出せなかった「ツーンとした香り」の正体が解けた。

それは、石炭を燃やす臭いだったのだ。

「ベルリンの壁」の崩壊は、思いがけなく私に石炭の臭いを思い出させ、我が国と東ドイツのエネルギー政策の違い迄考えさせた。

東ドイツの一人当りのＧＮＰは、一万千八百ドルとソ連の二倍以上である。しかし、民主化を求める国民のエネルギーは、国のエネルギー政策を後退させるのは確実だ。

十年以内に民主化された東ベルリンを私が冬に再訪すれば、石炭を燃やすツーンとした「東ベルリンの香り」と巡り会えるだろう。

島国日本が育んだ美意識とトレンディな香り

世界情勢が激しさを増すなか、一九九〇年は日本のバブル経済に陰りが見え始めます。

けれども、八十年代にかつてない成熟を見せた日本の消費市場は、九十年代に入っても新しいものや次に来る流行現象を追いかけていました。

それは「トレンディ」と呼ばれ、雑誌の名前やドラマのジャンルとしても流布しました。

入賞作品にも、当時この「トレンド」に最も敏感と見られた世代の、自らの生活や人間関係の中に、その頃の「今どき」の香りを表現したエッセイがありました。

その一方で、この回の最高齢受賞者の作品をはじめ、戦争、封建的な父親像、貧しい生活、懐かしい自然風景など「こういう時代は間違いなくあったのだ」と思わせる作品も。

香りのもつ、過去と現在を往来する時間軸によるものでしょうか。

畑正高実行委員長は、そこに「古来、島国に生まれ育った日本人の美意識」を感じ「(人も)自然の中で生かされている生命体でしかない」事実を謙虚に受け止めました（作品集『かおり風景』）。

1990

第6回［香・大賞］入賞作品

一九九〇年募集・一九九一年発表

田んぼのサンマ

梅山 幸子
42歳 主婦 三重県

「きょうは、稲こきやぞ」という父の声。私達は青空の下、田んぼへ駆け出して行く。あたりは黄色く、実りの歓声に揺れている。溜池には、白い雲が浮かび、こげ茶色の菱の実が、透き通った底にいっぱい見える。田の畔には、パチッと瞳を開いたようなリンドウの花が待っていてくれる。素足にひやりと田んぼの粘っこい土。

「ガーコン、ガーコン」

足踏み式脱穀機の音が、何もかも消して響きわたる。田んぼのあちこちに積まれた稲束を運んでくる。すぐに手伝いに飽きて、脱穀のすんだばかりのワラの山へ飛び込み、よじ登り、遊ぶ。

「はよ、せんか」

父の叱声が飛ぶ。

稲束がズシリと肩にくい込み、汗が流れ落ちる。牛のように、切り株ばかり見つめて、ただ、運ぶ。

「昼にするか」

母が新聞紙に包んだサンマを取り出す。脂が紙ににじみ出ている。

父がワラ束を五つ六つ持ってきて火をつける。たちまち赤いワラ灰ができると、サンマを三匹放り込む。ジュッーと音がして、薄紫色の煙と共に、サンマの焼ける匂いが立ちのぼる。家族六人輪になり、その匂いを体中に浴びている。弟が土手のススキのじくで作ったはしで昼食だ。たちまちおひつは空っぽ。

あのサンマの焼ける匂いは、私の血の中へ入り込み、秋になると、今も青空と共鳴して動き出す。

香りが聴こえる

小神子 真澄
48歳　主婦　大阪府

たった二間しかない文化住宅の奥で、私はミシンを踏んでいた。

日が陰ってきた。ミシンの灯がそこだけポッと温かい。「あっ」私はミシンを踏む足を止めた。今、階段をあの人が上がってくる。段々近づいてくる。玄関の前で、止まった。瞬間、私はパッと振り返った。夫がドアを開けて玄関に入ってくるところだった。

私は耳が聞こえない。夫も同様である。私たちは耳の聞こえない夫婦だった。

当時、二十三歳の私は九州から大阪に住む夫と結婚したばかりだった。友人、知人もなく、収入の低い工員の夫と共に、私も家で毎日ミシンを踏んでいた。

ミシンはそこしか窓がない二間続きの奥に置いていた。ミシンの前に座ると、当然背中に当たる玄関は見えない。来客があっても（めったにないが）、聞こえない私は無心にミシンを踏んで振り返ることすら出来なかった。仕事が一段落して立ち上がった時、玄関にさっきから待っていたであろう集金の店員が、困惑した表情で立ちすくんでいるのに出くわすこともたびたびだった。

だけど不思議に、夫が帰宅するのはハッキリわかった。格別、嗅覚が鋭いわけでもないのに、夫が一歩、この文化住宅の建ち並ぶ路地に足を踏み入れた時から、香りが聴こえるのである。耳の聞こえない私には、まさに、この言葉こそふさわしいと思う。

彼が玄関の前にたたずんだ時、私はその時だけ、健常な人と同じようにパッと振り向くことができる。

その内、娘が生まれた。ほどなく二人目の娘も生まれた。その頃から夫の香りは聴こえなくなった。夫がいつ帰ってきたかもわからなくなった。

そして現在、ある日の夕暮のこと、ふいに予感がした。玄関に飛び出すと、白髪まじりの夫が今、帰ってくるところだった。香りは時をへだて、よみがえった。

柚子湯

引頭 正子
61歳 主婦 東京都

「ママ、今年は柚子の当たり年よ!」と、娘の嬉しそうな声。柚子の香りがあたりに漂い、娘の手にも孫の手にも柚子の実が光っている。「いい匂い!」歓声をあげる娘と孫。しかし、私には柚子に悲しい思い出がある。

次兄に召集令状がきたのは、昭和十六年の初冬だった。兄は剽軽者で心が優しく、家族に人気があった。幼時から気管支が弱く、気候の変わり目などは喘息気味で苦しそうに肩で息をしていた。病弱な兄にどうしてこんなに早く令状がきたのだろうか。当時、兄は東京で就職していた。出発までに二日の余裕しかなかった。そんな慌ただしい出征だった。兄が東京から帰宅した日、母は、庭の柚子の実を笊《ざる》いっぱいにとって柚子湯をたてた。

「柚子がいい匂いだ! 母さん」

「そりゃよかった! ゆっくりゆっくりあったまりよし。風邪ひかんようになあ。身体大事にしてなあ」

兄と窓ごしに話しながら薪をくべる母の姿を、小学生の私は勝手口に凭《もた》れてぼんやり見ていた。時折、炎がパァッと光って母の横顔を照らす。母の頬に光りの筋があった。窓から湯気に包まれて柚子が仄かに香り、兄は愛唱歌の「菩提樹」を口ずさんでいる。腰をかがめながらひたすら薪をくべる母……。この光景は、今もはっきり私の心に残っている。

その翌日、兄は出征した。厳寒の北満にいますという便りがあって一年が過ぎた。いまニューギニアです。マラリアに二度かかりましたと、辛うじて判読できる検閲の黒い線ばかりが目立つ葉書の後はプッツリ音信が跡絶えた。そして、昭和十九年一月、ニューギニアに於て戦死、という悲しい公報が届いた。

母は、それ以後、柚子湯をたてたことはない――。

「ママ、もうこれ位でいいかしら」娘の声にふと我にかえる。孫が両手に柚子をもって庭中を走りまわっていた。私はしみじみ今の平和を有難いと思った。

懐かしい父の匂い

日高 継子
82歳 無職 山口県

アルバムを見ていると古ぼけてセピア色に変色した父の写真が出て来た。たった一枚残っている七十年前の父の面影である。じいっと見ていると幼い日が蘇り、ほのかな父の匂いとともに懐かしさが込み上げてくる。父は九州の大牟田から六人の子供達を連れて北朝鮮の首都平壌に移住してきた。目的の仕事も外れてこれという定職もなく、人に頼まれて代書をしてその日のたつきを得、赤貧は洗うがごとく貧乏のどん底暮らしであった。すきま風の吹き抜けるあばら屋に一家八人が肩を寄せあっていた。父はいつも羊かん色になった木綿の紋付きの羽織を着て机に向かい、書きものをしていた。その痩せた後ろ姿から羽織のちょっぴりカビ臭い匂いが私の幼い心に染みついたようだ。「普段にどうして父さんは紋付きなんか着ているのだろうか」と姉達と話しながら疑問に思い、父に聞くと笑って「これが一番温かいのだよ」と淡々としていた。後で母に「お父さんは着る物が無くてたった一枚残っている紋付きの羽織を着ているのだ」と聞いて子供達を育てる為に苦労している父の心を思いやり、ちょっとでもカビ臭いなどと思った事を深く心で詫びた。父は酒が好きだったが買う金もなくて飲めなかったが、たまに余分儲けがあった時などドブ酒を一ぱいひっかけて、口髭に白いカスをつけて機嫌よく帰ってきた。甘すっぱいドブ酒の匂いがプーンとひろがり、この時が父の一番幸せな時だったらしい。晩年の父はカビの匂いとドブ酒の匂いに包まれた寂しいものであった。五十六歳で寒い寒い異国の土になってしまった。今ならドブ酒などでなくもっと香りの豊かなウイスキーを心ゆくまで飲ませてやれたのに、又古めかしい紋付きなども温かい着物に着せかえられたのにと思うと、涙で父の写真もにじんでみえた。

菊の香り

柳瀬和美
47歳　パート　新潟県

父は、いつも遠い人であった。何を言っても分からない別世界の人と、思いこんでいた。父には何度となく、みじめな思いをさせられたからである。

高校を卒業した年の夏、初めてデートをした。

その日、彼は「ドボルザークが好きだ」と言った。私は「ショパンが好き」と、少しかん高い声で答えた。精いっぱい気取って、お里が知れぬように振舞った。彼が家まで送ると言った時、何がなし不吉な予感に襲われた。

しかし、送らなくてもいいと言いそびれているうちに、家の前に着いてしまった。

門柱の傍の人影を見た時、それまで熱くほてっていたほおから、血の気がひいた。

「何時だと思っている」

暗闇からあらわれた人影は怒鳴った。なんと、まるで裸、ステテコさえはかない、下着一枚の異様な姿である。

ショパンもドボルザークも「キャッ」と叫んで夜空に消えた。

「お前は、どこのもんだ。うちの娘をなんだと思ってる」

わざわざ裸になって嫌がらせをする父を、一生許すまいと、その時思った。

何が原因だったのか忘れたが、夫と激しく争って家を出た。

母に諭されて帰る時、父がビニール袋いっぱいの菊の花を、黙って手渡した。菊の花びらのおひたしが私の大好物である。

「お父さんな、今年は畑に菊作りなさった」

母が言った。それから毎年、食べきれないほどの菊の花を、父が届けてくれる。

煮えたぎる湯に菊の花びらを放すと、深い香りが家中に広がる。その香りに包まれていると、八十八歳になって、めっきりおだやかになった父のまなざしを感ずる。大好きな菊の香り、父には不似合な気品に満ちた香り。それなのにこの頃、父のことを思うと、いつもどこからか菊の香りがただよってくる。

きんもくせい

麻生哲彦
10歳　小学五年　大分県

きんもくせいをじっと見ていると
木の葉がまわりと同化して
あとは花だけが目に見えてくる。
におうと、
鼻のおくふかくにいって
もわぁとふくらみ
初めてきんもくせいどくとくの
かおりがでてくる。
ジャンプして枝にさわると
雪よりもきれいに
花が上を向いたり下を向いたりして
はらはらと散っていった。

この花の好きなところは、
小さくて
四つの花びらを
まるで赤ちゃんのあの小さな手のように
ぎゅっとのばしてさいているところだ。
きんもくせいの花をじっと見ていると
悪い心がにげていった。

外国で出会ったお線香

今井 晶子
50歳　主婦　東京都

老いた犬と彼女を愛する一家の絆を最後まで、確かなものにしたお線香。

二十年程前になるが、五年間のロス生活での出来事である。子供と赤ん坊を連れ、御近所とは顔も合わせない仕事人間の夫のいる変な外人の私は、四年生になるお隣のお嬢ちゃんと仲良しになった。小学校の先生の四十歳位だったそのママも、私の生活ぶりを見守ってくれていたようで、必要な時には、手をさしのべてくれたものだ。ガールという小型ボクサー犬もよくなついてくれた。捨て犬だったそうだが、時折庭に出してやると用をたし戻ってくるというようなルールを守り合い、幸せな関係が出来上がっていた。イースターの卵探しは犬のフンの始末から始まったものだ。二、三年経ったクリスマス、月並に贈り物を持参し訪れたところ、何かが匂う。鼻に懐かしさがこみ上げた。お線香だ。ママは私の表情に気付き、ガールがよたよた歩いてはガスを出すが、この日本の香はそれを消すのに効果的だと、話してくれた。そうと聞いてしまうと時々意識させられる異様な刺激を消す程の力は無かったが、部屋はあのしめやかな香に満ちていた。暖炉の上の棚で重厚に輝くサモワールの脇に微かな紫煙のゆらめきを見て私は、外国ならではの利用法に驚き、口を開きそうになったが、何も云うなと心は叫ぶので、ただ驚きを飲み込んだ。

既に化学合成品の室内香が出回っていたアメリカである。それらを試し尽くした末だったのだろう。東洋人の店で買ったと云っていたが、力無くうずくまる犬を愛し気に見やっては、こまめにお線香を足すママの姿は美しかった。

家族の一員の老犬が老い故に家庭内に不都合をもたらした時、一層の優しさで包み込む努力を惜しまない西洋人の家畜に対する気持の深さを見る想いがした。その後一週間位でガールは死んだと云う。安らかな昇天だった事は想像に難くない。

屁こき虫と西瓜

藤田 さち子
56歳 主婦 山口県

三日続いた真夏日のある日、洗濯物を干しにベランダに立った私の足元に、珍しく屁こき虫を見つけた。

屈んで見たら、熱くなったコンクリートにへばりついて動かない。

子供の頃は畑でよく見かけたが、最近ではめったに見ることがなかった。

指でつついたりすると、たまらない異臭を放つ。そこで「屁こき虫」とか、「屁っぴり虫」などと呼ばれている。

本当の名はなんと言うのだろう。全身茶色で滑稽な姿をしているのも面白い。

手の平に移してみると、微かに足をばたつかせている。部屋に入り冷たい水を二、三滴かけてみると、チョロリ、チョロリと動き出し、また直ぐに止まった。指でつついても悪臭も出ず、かなり弱っている。

冷えた西瓜の薄いひと切れを傍に置いてやったが、気付かないのかじっとしている。しばらくして西瓜に自力で近づき、種子の落ちた穴に頭を突っ込んだ。そのままの姿勢で甘い汁を吸っているのか、身体を冷しているのか、それとも眠ってしまったのだろうか。

やがて、西瓜から離れて、モソモソと這い出した。元気をとり戻したのか明るい動きである。私はそっと摘まみ上げ、つんつんとつついてみた。

その瞬間、なんとしたことか、甘く優しい香がふっと揺れた。屁こき虫が異臭ではなく西瓜の香を放ったのである。急に可笑しくなって、「やったね」と、もう一度つついた。

西瓜のお礼に西瓜の香のプレゼントである。夕日がビルの陰に消えた頃、近くの公園の草叢に屁こき虫を見送った。

おかげで干し忘れた私の大事なブラウスは洗濯籠の中で、しわしわのまま、すっかり乾いてしまっていた。

私の帰る香り

草宮 祐宏
30歳 公務員 神奈川県

妻の胸に顔を埋め、甘えると、どうしてこんなに心が安らぐのだろう。

温もりが頬に伝わる。優しい声が耳許で音楽になる。そして、鼻腔を甘い乳の香りがくすぐる。

初めてしたのは、職場のストレスが限界に達し、自我が崩壊する寸前の時だった。

職場は戦場である。膨大な書類は無言の圧力で私を責める。電話のベルは一刻の猶予も与えてはくれない。そして複雑な人間関係は相手への思いやりの心を空回りさせ、自分を見失うまいとする私を嘲笑し、次第に絡まってゆく。

疲れ果てた私は、編み物をしている妻の胸に無理やり顔を埋めた。

「まあ、何してるの?」

と、妻は驚いた。

「うるさい! 俺は、疲れてるんだ」

私は威張って妻の言葉を遮った。

子供をしばらく前に産んだ妻の胸からは、乳の香りが漂った。

胸一杯にそれを吸い、留めると、不思議なことに、細胞の中であれほど荒れ狂っていたものが凪《な》いでいった。今にも切れそうだった神経も元に戻った。

その〝美しい〟香りに抱かれる心地好さは天上の揺り籠で眠るのに似ていた。私は自分が人間に戻るのを自覚した。否、人間にではなく、子供に戻ったのかもしれない。

以来、その香りは私の精神安定剤となった。ストレスが高じ、心身共に限界に近付いた時、私は妻の香りに帰る。マザ・コンならぬワイフ・コンの様相である。

しかし、私に限らず、男は全てこの香りに帰るのではなかろうか。

人妻は大福の香り

小町 ゆきこ
32歳 主婦 大阪府

夜十時をまわった。受話器のむこうで麻子は涙声でまだしゃべりつづけている。

「……でね。私、見ちゃったのよ。偶然。むこうは気づかなかったんだけど。それがね。彼女ってのがフツウの女なのよ。彼より三歳年下っていうんだから私より八歳も若いわけでしょ。でも、オバサンって感じ。どこがいいのかしら。何よ。ほんとに許せないわ」

あのなー。許されへんのは人妻のあんたの方やろが……。

「私ね、はっきりわかったの。彼を取り戻すわ。ううん、かえってくるわよ。しばらく会ってあげないわ。そうよ、比べなさい。そして私の大切さをうんと思い知るがいいわ」

思い知るのは、あんたの恐ろしさとちゃうやろか……。

「こうなると、私の方が有利ね。彼女とは結婚するつもりなんて言ってたけど、結婚なんて生活そのものでしょ。恋愛中のいちゃいちゃした気持ちなんてすぐ消えるわよ。おまけに年下なんて若い女はわがままでしょ。すぐ私に会いたくなるはずよ。結婚して後悔するわ。そうに決まってるわ」

あんたのだんなも後悔したやろなぁ……。

「聞いて。この二ヵ月で五キロもやせたのよ。毎日泣いて、悔しくて、ごはんも食べれなかったの。でも今日、二人を偶然見て、なんだかすっとしちゃった。彼女の若さにビクビクしてたけど、八歳の差が何よ。私だって負けないわ。……あー。急に甘いもん食べたくなってきた。そういえば、本町商店街のあの大福、来月で店しめるからもう食べれなくなるらしいわよ。ご主人年だし、店つぐ人いなくてやめちゃうらしいの。ああ、あの大福、おいしいもんねぇ。無性に食べたくなってきたぁ」

うー。ええかげんにせい。涙ながらの不倫の話からいきなり大福!! 女はすごい!!

だんなが帰宅するまで、麻子はエンエンと話しつづけるのであった。

空気のポケット

広田 耕治
44歳 会社員 兵庫県

排気ガスが幾層にもかさなりあった空気を吸いながら、街を歩きまわるのが私の仕事だ。

ある蒸し暑い夏のことだった。ちょっとした仕事が入って課長に同行することになった。陽炎《かげろう》の中でタクシーをつかまえ目的地まで向かった。街を行く人はみんな喘ぐような表情をしていた。

「この辺で停めてください」

ビルの建ちならぶ殺風景な街並み。アスファルトに足がくい込む。汗が流れる。

そのとき一陣の風が吹いてきて、目に見えない柔らかな空気のかたまりを頬に押しつけてきた。私が足をとめると、課長も黙って立ちどまった。

「懐かしい匂いですね」

「ちょっと行ってみよう」

二人は何かに誘われるように、ふらふらと匂いの道を遡って歩いた。ビルとビルの間に路地があり、そこを奥へ入って行くと、思いもかけぬところに小さな空地があった。

真夏の雑草が狂ったように生い茂っていた。鬱憤を秘めた切ないほどのエネルギーが充満している。

もう長いあいだ忘れたままになっていた懐かしい草いきれの匂いだった。

「これだったんですね」

「こんなところにね」

私と課長は、遠い過去を思い出すように、しばらく茫然と空地を見つめていた。

私がこどもの頃、匂いというのは自然の風景と結びついていた。そのほとんどがやすらぎを感じさせてくれるものだった。だが、いま私が生きている舞台には、なんと不快な匂いが多いことだろう。

「行きましょうか」

「そろそろ時間だ」

私たちは仕事の目的地へ方向をかえて歩き出した。それ以来、二人はそのことを話したことはない。

しかし私は、仕事に疲れたとき、よくあのときの不思議な、わずかばかりの時間を思い出す。

母からの林檎

安達はつ恵

「えっ、差出人が母さん？　どうして」と宅急便を手にして私は戸惑った。だが、病気見舞のお返しと聞けば、本人の名前を使うのは常識。と思う後から、生家のこれまでを考えると何か、腑に落ちないものがあった。

母は、若い時から田畑を一人でとりしきり、その収穫物を遠くの娘達へ送るのに、梱包から宛名書きに至るまで、何一つ、父の手を借りる事はなかった。それでも荷物の差出人はもとより、何事も常に父の名前であった……筈。怪訝《けげん》に思う胸のうちにハッと突きあたったのは十月半ばの出来事である。

その日私は、白内障の手術をした母を故郷の病院に見舞った。病室は六人の大部屋で、入口のベッドに臥せていた母の枕元には、お見舞の「のし袋」がいくつか無造作に重ねてあった。手術の三日後からは付き添いは許されず、個人用の小さな戸棚はあっても鍵はなし。〝不用心〟と思った私は帰りがけ、うち（生家）へ預かってゆこうか、と何気なく口にした。ところが、常になく母の語気が荒い。

「いや、持って行かなくていい。この戸棚の下の袋の中へ二重にして入れてあるから大丈夫。退院したらみんな私がお返ししなくてはならんのだから……」

そう言うと母は布袋を取り出して見せ、「のし袋」を丁寧にしまい込んだ。布袋の中には同類の部厚い束が覗いている。入院はあと一週間、まだ脹らむであろう〝布袋〟を案じながら、かつてない頑《かたく》なな母に気圧《けお》され、私は異を差し挟む余地を失った。

明るい婆婆をもう一度見て死にたい、と積極的に手術に臨んだ母は、この時から決意していたのだろうか。お返しは自分の名でと。

「桜田アキ」。八十四歳にして、初めて自己を主張した母の名前に眩《まばゆ》いものを感じながら、私はダンボールの蓋を開けた。瞬間、林檎の香気は玉手箱の煙さながらに立ちのぼって漂い、鼻腔を掠《かす》めて香りは胸に深く刻み込まれた。

（62歳　主婦　埼玉県）

おばあちゃんのわらぞうり

鈴木てる子

雨が降る日はおばあちゃんがわらぞうりを作る日だった。大きな切り株の上に束ねたわらを置き木槌でトントンたたいて柔らかくした。すると、たたく度にわらは丈夫になってゆき、最後にわらに付いている袴を取りのぞいて準備完了。おばあちゃんは両手をこまねずみのように忙しく動かしながらいくつもぞうりを作った。七歳だった私はおばあちゃんの前にじっと座って見ていた。納屋の中はむせ返るようなわらの匂いと雨にぬれた草の青い香りとで息も出来ない程だった。おばあちゃんがわらぞうりを作っている時の目はとても優しかった。まるでわらとお話ししているようだった。私の為にわらの中に赤いきれいな布切れをまぜ込み小さいわらぞうりを作ってくれた事もあった。ところどころに赤い布が入った大人の掌くらいのわらぞうり、それがとても可愛くて顔に近づけると新鮮なわらの匂いが目にしみた。私は思わず頬ずりしてしまった。「山道はこれが一番だからね」とおばあちゃんは言った。四十五年たった今もわらの匂いと草の香りは私の記憶から消えない。戦争で家を焼かれおばあちゃんの村へ疎開していた夏だった。慣れない山道を一時間歩いて小学校へ行った。全校生徒が十九人だった。道端の花を摘んだり、涼しい岩の上で休んだりしながら通学した。途中の吊り橋から川を眺めると大きなヤマメが泳いでいた。ヒロシちゃんは裸で川にもぐって素手でヤマメを捕まえるのが得意だった。そおっと岩の下に魚を追いつめて素早く手を入れて捕まえる。その信じられない名人芸に私はいつも息を止めてみつめていた。草いきれの田舎道、おやつのトウモロコシ、K先生、餓鬼大将のタッちゃん、仲良しだったヨシ子ちゃん。独りぼっちの疎開の子にみんな優しくしてくれた。

雨の日のわらの匂いが楽しかった思い出を呼びおこし、走馬燈のように時々私の心をかけめぐる。なつかしいあの村は湖底に沈んでしまったと風の便りに聞いた。

（53歳　主婦　静岡県）

地球も人間も傷つきやすく
香りにやさしさを求めて

一九九一年、映像で見た湾岸戦争時の油まみれの海鳥。この年「エコロジーブーム」や「地球にやさしい」をキーワードに、地球の環境問題に対する意識が目覚めました。その影響ででもあるかのように「香・大賞」の入賞作品には、植物や動物などの自然本来の姿に肉迫しつつ、人間がいかにその恩恵を受けているかを伝える作品が目立ちました。また、新しい傾向として、二十歳前後の若い女性が「自分の物語」を決して壊さず丁寧に紡いだ二作品、金賞〈黒髪によせて〉と佳作〈新しい私になる朝〉に新鮮な香りを感じました。

中田浩二審査委員は、作品集『かおり風景』に碁盤職人の方に取材して聞いた話を紹介。「ある時期、大きな傷を受けた樹もある。それを年輪が包んでいって、表面からはわからないようにしてしまう。こうやって四角四面の盤作りをしていくと匂うんですよ、樹の昔の傷が」と。

地球も人間も傷つきやすいけれど、必ず再生する道があることを、香りがやさしく教えてくれました。

1991

第7回［香・大賞］入賞作品

一九九一年募集・一九九二年発表

黒髪によせて

石平 明日香
21歳　学生　京都府

先日、髪を切りました。

十六歳の初夏から足掛け六年に渡って伸ばし続けていた髪でした。

『あんなに長くてキレイな髪を、勿体ない』とみんな言ったけれど、正直言ってもう飽き飽きしていたし、不自然に長すぎる髪の、抜け毛の多さにはいい加減手を焼いていたのです。特別な理由があったわけではありません。結構軽い気持ちで切ってしまいました。太腿の辺りまであった髪が、あっという間に肩下二センチですから、かなり思い切りです。だって未練がましいのは嫌でしたから。

切り取られた髪の束を美容室から持ち帰ってじっと見つめていると、これがつい数時間前まで自分の体の一部だったとはとても思えませんでした。でも、何か恐しく取り返しのつかない事をしてしまったような罪悪感と、まるで髪を伸ばしていた六年間という歳月までが切り取られてしまったような空虚さがこみあげて来ました。しかし、『若草物語』のジョーのように、無くなってしまった髪への恋しさに、涙を流すというような心境には程遠かったのです。

髪にゴミが付いていました。取ろうとして手を伸ばし、無意識にふと、髪に顔を近付けました。その時です、私の目から突然ほろほろと涙が流れ落ちました。一瞬自分でも何故泣いているのか分かりませんでした。

――香りがしたのです。

慈しむように毎日洗い、梳き、結っていた、まぎれもないわたしの髪の香りがしたのです。私は初めて髪を恋しく思いました。ジョーもこんな想いで泣いたのだろうかと思いました。

かつら屋に売ろうと思っていた髪でしたが、ほんの一握り残して針山を作ることにしました。残りの一握りは、切り取られてしまった歳月の象徴ではなくて、私の生きてきた六年間の証しとして、机の引きだしの奥にしまっておきます。香りと共に。

ニューヨークは稲穂の匂い

浜田亘代
56歳　主婦　兵庫県

ニューヨーク郊外のわが家の小さな庭。春が柔らかい陽をプランターに注いでいる。中には五センチほどに伸びた四、五本の早苗のひ弱な細い葉が、あるかなきかの風に揺れて光っている。私が半年がかりで米の中から捜し出して蒔いたモミが発芽したのだ。

「何を植えているんだね？」

しゃがんでいる私の頭の上から、隣のフランシスおばちゃんの大音声が降って来た。金髪をカーラーで巻き、度の強い眼鏡の奥から青灰色の瞳に好奇心を漲《みなぎ》らせ覗き込んでいた。

「稲だって？　米なら店で売っているよ。これじゃ、ライス・プディング一回分の米粒も取れない」

彼女は苗の本数を顎で数えた。

「子どもの理科の学習のためなのよ」

「へえ？　私が子どもの頃は、理科というと歯車だの梃だのを教わったものだがねぇ」

どおんと突き出した胸をそらせたフランシスは訝《いぶか》し気な表情で首を振った。

「日本の学校では、トウモロコシの実の付き方を見たり、トマトや稲の観察記録をつけたりするのよ」

「バカな事をお言いでないよ。ニュージャージー州まで行けばトウモロコシ畑はあるよ。だが、どこまで行ってもトウモロコシ畑だね。トマトだって？　そりゃまた四、五時間ドライブしないとダメだ。稲なら飛行機で……、どこへ行けばいいのだろう？　あ！　あんた水を入れ過ぎだ」苗代田など見た事もないフランシスはプランター水田に目を瞠《みは》った。

夏の間中、庭の揺り椅子で日光浴をしながら彼女は、私の子供達より頻繁にプランターを覗き、株が殖えた、穂が出たと騒いだ。秋になると、狭いプランターの稲から一握りの米粒が収穫できた。フランシスは、わらを束ね、柊の葉を飾り、干草の匂いのするクリスマス・リースを作ってくれた。

あれから二十年、今年も秋風が干した稲束の爽やかな匂いの中に、陽の温もりと土の湿りとフランシスの声を乗せて吹いてくる。

製材工場

平見光子
56歳　主婦　広島県

原木が入った。

長雨で皆少々うんざりしていた所だ。

おっちゃんは鋸の目立ての手を止めた。

「すぐに下ろせや。昼から製材にかかる」社長が小声で何か言っている。

「解っとります。近頃のようにテッポウ虫が入った木ばかりじゃあ歩止まりは良うないです。おまけに石を喰っとる。悪いねこれは」社長は聞こえない振りで折尺を持って石数を計る方に回った。

おっちゃんが怒っているのはそれなりの理由がある。木の皮に砂利が入っているヤツを引けば鋸の歯が欠け切れ味が落ちる、と製品つまり板の面が荒くなる。その事を職人気質が許さないのだ。

「オーイ。女の子。手斧《ちょうな》取って来てくれえ。クソボロ木め、二度手間じゃ」言いながらも節を打ち皮をはいでいく。何はともあれ昼から製材機を回すまでにこぎつけた。

「スイッチ入れまーす」

恥も外聞もない。娘ざかりが大声でどなる。誰にケガがあってもならないのだ。

ゴンゴンゴン。足の下でモーターがうなる。

「抵抗器」「ハイ抵抗器」

これ以後、人の言葉は意味を伝えない。大鋸の回転が木を噛む時、すべての物音は掻き消されてしまう。

さっきまでの白けた空気は、今はない。「セーノ、セーノ」渾身の力を振りしぼり尺物の丸太を押す男達の背中は美しさを越え神々しくさえあった。

木は樹液を吹き上げ身を削られていく。わずか一週間前までは山の風を聞き谷のせせらぎを見ていただろう彼は凄まじいうなり声を挙げ生まれ変わる。

工場の中は舞い散るオガクズと共に松の命が香りとなって満ちあふれる。

親友

中井川 聖子
32歳　主婦　茨城県

酔っぱらった夫が、私の布団にもぐり込んできたとき、時計はとうに十二時を回っていた。熟睡していたのに不意をつかれたというように少し驚くふりをし、またさりげなく背を向ける。今の今まで、全身を耳にして夫の帰りを待っていたくせに……。夫は、私が目覚めてくれることを期待し、何か言いた気に上体を起こしかけたが、一瞬戸惑い、やがて思い直したように眠りに入っていった。

仕事で帰りが遅い夫を待つ淋しさを恨みがましくなじる女にはなりたくなかった。そしていつしか身につけたのが、無関心を装う事。そういう日が続くうちに私たちは、明らかに隙間ができはじめていた。しかしそれを埋める手段を私は知らなかった。それでも、かたわらで眠っている夫の体温はやさしい。子守歌のようにぬくもりをさまよっているとき、覚醒と睡魔の狭間で、秘めやかな甘い香りが私を包んだ。それは、意識しなければ消えてしまいそうな、脆く儚い香りだった。そしてそれは確かに、夫から漂ってきていた。（この香りは何？　私はこんな香りを知らない！　まさか！）見たこともない女の影がかたわらで寝息をたてている夫と重なった瞬間、電流でうたれたような衝撃が私を貫いた。それから自分でもどうしてと思うほどの激しさで夫の顔、肩、胸、あたりかまわず両の拳で叩きまくり、むしゃぶりついていった。「私が……、私が……」あとは言葉にならなかった。

しかし、その香りの正体は、夫の親友の通夜で焚き込められた『香』だったのだ。

「家庭を振り返っている間もないくらい働いて、働いて……その結果がこんなのってありかよ。すい臓癌だってよ。まだ三十五歳だぜ。奥さん見てられなかった……。大恋愛だったのに……」夫は私の手を取り、言葉をつまらせた。私はこみ上げてくるものをおさえきれずに両手で力いっぱい夫を抱きしめた。『香』のかおりが、まだわずかに漂っていた。はからずも、夫の親友は、私たちのすき間を埋めてくれたのだった。

もくじい

釘貫 操六
47歳 公務員 大阪府

三百年近く、高台にどっしりと腰をおろし村の出来事をくまなく見ている老木「もくじい」がある。

「もくじい、おはよう」

「おお、六。おはよう今日は、早いな」

「掃除の当番で早いんよ」

「腕白な六も掃除するのか」

「先生がおそろしいからやるよ」

「腕白でも先生には、かなわないな」

「大好きなもくじいが先生だったらいいのにな」

「そうか、そうか。もくじいも六が大好きじゃ」

と大声で笑う。大声で笑うたびに、目、鼻、口がしわだらけの顔に消え、心地よい香りが大地に広がる。

もくじいに手をあてると温もりが伝わってくる。

「もくじい、もくじい、寝たらいかん」

「おお、そうだった、そうだった。としじゃうたたね、きもちいいぞ。ついつい、やってしまうよ」

「遠足は明日だね。もくじいも一緒に行くからな」

「もくじいと一緒だと楽しいな」

遠足の日は、青空が一面にひろがりところどころに白い雲がぽっかりとたなびいている。六は、マーちゃんと手をつなぎ、顔はにこ、にこ。

一時間近く歩いただろうか、香りがかすかに漂い六を追い越そうともくじいの息づかいがきこえる。

「六、おいしいか」

「もくじい、おいしいよ。もくじいも食……」

冷たい風が六をつつむ。きんもくせいの香りにのり、三十七年前からタイムスリップ。

花瓶にさしたきんもくせいの香りが部屋の中に漂い、懐かしい香りが私の胸ではちきれんばかりにあふれている。

微風に金髪をなびかせ心地よい香りをふりまいている「もくじい」に会いたい。

サンゴの香

伊良波 彌
39歳　フリーライター　沖縄県

わが家の眼前にきらめく、コバルトブルーの慈母なる海。この海もまた、毎年旧四月十四日の闇夜になると、聖母に抱かれたミドリイシサンゴが一斉に出産を始める。出産の知らせは、水中から海面、そして大気に放出された香で分かるのだ。

その時、四面海に囲まれた小さな池間島はサンゴの香にどっぷりと浸り、すべての生物が生気に満ちあふれる。私の場合は、聖母の子宮の羊水に包まれているような気分になり陶酔する。香に誘われて懐中電灯を片手に、海中に潜ってみる。天文学の数字でしか記録できない卵の大群が浮遊し、まるで満天の星空のように神秘的で幻想的な世界。卵のカプセルの中には精子と卵子が入り、漂いながら自然に割れ、ほかの精子と卵子と受精するというから魔訶不思議である。

受精した卵たちの無事の漂流と着底を祈りつつ、寝床に入った。明け方、夢のなかで王子様になった自身が、星空を泳いで、地球に手を振って言葉を贈っていた。

「地球よ、いつまでも母なる海に抱かれて青々と輝いてください。海よ、水を蒸発させて雨雲をつくり、慈雨を地球に降らせてください」

太陽が水平線から昇りかけると、コバルトブルーの海は、卵の群れで赤色に染められ、強烈な芳香を放つ。しかし、ぎらつく陽光は漂流で迷う群れを熱し、余力無くなったものたちの生命を奪う。そして海は、徐々に死化粧の柳色に染まり、もとのコバルトブルーの海に変わって行くのだ。死者たちは、慈母の子宮に還ったから悲しくない。輪廻転生の中で、生まれ変わるのだ。

昨年の春、ミドリイシサンゴがなかった浅瀬に、小さなミドリイシサンゴが芽生えた。私は、引き潮の時に「よかったね」とやさしく撫で、慈母に「ありがとう」と声を張り上げてお礼を述べた。潮が新鮮な香を運んで、満ちてきた。腕を広げて深呼吸する。

いのちのにおい

竹下尚子
34歳　農業　熊本県

私は、農家の主婦でストレスのかたまりである。

もともと実家は農業とはまったく関係なく、嫁いでみて初めて、農業の大変さを知った。

それはそれは腹が立つほど忙しいのだ。

加えて見てくれもよくない。地下足袋はいて、手ぬぐいの頬かむりに麦わら帽子なのだ。こんな格こうで、朝から晩まで、汗と土にまみれる。

ゆったりとした時間がほしい。いつも身ぎれいにして、汗ではなく、ほんのりとお化粧の香りでも漂わせて暮してみたい。こんな、地を這う虫になるため、私は結婚したんじゃない。

走っても走っても、農作業という車輪が私を追いかけてくる。へとへとになって、疲れて、車輪にひかれそうになる度、私は夫に泣き言を言った。

そこへ、台風十七号、十九号。

何もかも、吹っとばしていった。ビニールハウスも、その中で大切に育ててきたメロンも。

その代わり、ぽんっと時間をなげて行った。

メロンにかけていた共済金がまあまあ入ってくるし、さしあたっての仕事がなくなった。

ゴーゴーと音をたてていた車輪が止まったのだ。

ずっと憧れていたゆとりの時間。私は、部屋のすみずみまで片づけ、毎日、こった料理を作った。ところがである。私は次第に不機嫌になっていった。笑顔が消え、無表情になった。

一番に気づいたのは夫である。十二年間もつれそうと、私よりも私のことがわかるらしい。

「何でもいいから、何か作るぞ」と言い出した。まがったハウスのパイプをのばし、それにビニールをかぶせ、二十日大根の種をまくことになった。トラクターでハウスの中をすいた後「あとは、お前がしろ」と夫は言い放った。

久しぶりに手にした鍬《くわ》。土を平らにする。

冬の日はつるべ落し。手おし車のような種まき機械に種を入れ、すぐにおし始めた。百メートルのハウス内を往復するたびに、足元が、暗くなっていった。急がなければ、轍《わだち》が見えなくなる。白い息を汽関車のように吐く。暗闇の中で、私はなつかしいにおいをかいだ。

熱くなった体から放たれるにおい。

私の生命のにおい。

真っ暗闇の中、見えない轍を見据えながら私は私にもどっていった。

新しい私になる朝

熊谷 恵美

玄関口に立つと、道のむこうに桜だった。小学生の頃、舗装されたこの道も、すっかりでこぼこおじいさんになってい た。車と車がやっとすれ違うほどの閑かな一本道だった。

「もう、行っちゃうよ」

右手に大きなバッグを持って、一人で先に家を出た。

私は今日、短大生になる。一人暮らしの新しい生活が始まる。見知らぬ街の住人となるために、若草色のバスタオルを買って。


この道は、私の道だった。いつも私を待っていた道。片側に、黒くて太くてごつごつした桜の木が並んで、春になるとアーチのように弓なりになった。普通の家の二階よりも高いこの並木は、ほころび始めた花の重さに耐えかねて、枝もたわわ、垂柳のようにこうべをたれた。桜の花が私の肩まで届いて、やわらかな春風に眠たげに揺れている。ときどき一台車が通ると、一迅の風にはらはらはらはら、とめどなくふり注いだ。そうして、髪にも肩にもふり積もり、私はいつも淡い桜色の道を歩いていった。歩くとき、踏みしめた花びらが小さく、ぐっぐっと音をたてた。冬の日雪を踏みしめたときのようだった。

「お姉ちゃん」

ふり返ると、花びらにむせかえる妹がいた。百メートルも続く、名もなき桜並木の下にいた。


出発のベルが鳴る。これから家に帰る人とこれから新しい生活の待っている人々を乗せて、一つの列車が一つの同じ街へむかう。窓際で小学生の弟と妹がふざけあっている。母は声はださずに（しっかりね）と口を動かしてみせた。うなずくと、母の目がぼんやり紅くなった。ただ一人、父だけ平気そうな顔をしてぼりぼり白髪の目立つ頭をかいている。まるで私が買い物にでも行くみたいに。

車内アナウンスが流れ、新庄駅という看板が動きだす。手を振っているみんなを振り返ったとき、胸元に桜の花が香っていた。

（18歳　学生　山形県）

茶の香が持つ軽視出来ない意義

石谷 南枝

茶業王国と言われる静岡県下は毎年八十八夜前後になると、新茶の香りが天地を立ちこめて空気が一変し、呼吸するだけでも生れ変わったような気がすると言っても、奇想天外ではない。

しかも日本茶の発祥の地、静岡市内の足久保と言う農村地帯は、健仁二年（一二〇二年）彼の聖一国師が天台宗を学び、嘉禎元年（一二三五年）四月、非願の渡宋が許され、中国各地における名僧の下で苦業し、仏法僧の道を極め、在宋七年の後、仁治二年七月生れ古郷栃沢の父母の下に帰る際、将来に残る土産として茶の実を持ち帰り、隣村の足久保が茶の産地に適していることを確認し、仝所に栽培したのがもとで、静岡県が茶業王国になったゆえんもここにあるのだ。

そして明治から大正の中期頃までは、何処の家にも焙炉《ほいろ》と言う手揉みの設備があって、お茶師やお茶摘みが他町村から渡鳥のようにやって来て、家の中ではお茶師が褌《ふんどし》一つで焙炉の前に立ち製茶する態度が如何にもユーモラスで、他から見れば滑稽なものであり、また野や山の茶畑には菅笠をかむって茶摘み女が唄を唄っている長閑《のどか》な風景や、夜になるとお茶師と茶摘女が、家から家へ渡りあって歓談する情景は、他所では見られないお茶時の風物詩であった。

しかし茶業界にも時代の推移によって、製茶が機械化し昔の面影は見られなくなった。と言っても、新茶の香りだけは依然として変りなく、また古茶と言えども茶にはビタミンがふくまれ、朝起きて食卓につく時、或いは来客のあった時など必ずお茶がつきもので、茶の香りの持つ意義は軽視出来ないものがある。

（97歳　元公務員　静岡県）

どんなに時代が変わっても求められる「香り」の役割とは

「香・大賞」の作品の多くには、
書き手が自分史のある時点で感じた香りについて表現されています。
そんな個人的な時間軸に、時代の時間軸が交差したとき、微妙な変化を伴って香るものかもしれません。
入賞作品は、郷土、戦中戦後の体験、家族、人間関係とこれまでも見られるテーマの中、
バブル崩壊の余波も広がり、「複合不況」「就職氷河」といった言葉が飛び交ったことを考えると、
そこには景況変化など不安な暮らしの中での「香り」の役割も見えました。
たとえば、銅賞と松栄堂社長賞を同時受賞した〈ちいちゃんのミニトマト〉。
時代がどんなに大変でも、家庭ではささやかな平和や思いやりを大切にしたい。
若い母親である作者がミニトマトに託した誓いも読み取れました。
畑正高実行委員長は、作品集『かおり風景』で、
ニューヨークに仕事や生活の拠点を移した中国人の友人の話を紹介。
その後、二十一世紀に及ぶ中国の経済発展の大きさを考えると、
時代変化は「香り」の表現にさまざまに関わってくるものと想像されました。

1992

第8回［香・大賞］入賞作品

一九九二年募集・一九九三年発表

鰯の香り

本田 幸男
64歳 無職 長崎県

今から四十六年前、十八歳の私は熊本県矢部町で鰯売りをしていた。朝早く卸屋から鰯一箱を買い、九州山地や阿蘇外輪山の周辺まで自転車を押して売り歩く。朝は新鮮だった鰯も氷が溶けた夕方は傷み、一夜おくと売物にならない。その分は自宅で食べるか人にあげていた。ある夏の夕方、箱の鰯が半分近く売れ残ってしまった。ここを最後と農家に立ち寄ると、感じのいい主婦が現れて言った。

「暑いのに……大へんですね。全部買います。

今、主人の学校の子どもたちが夏休みで泊りにきているので、ちょうど良かった……」

すすめられるまま縁側に腰かけて茶をいただいていると、ご主人が数人の子どもたちをつれて現れた。子どもたちは珍しそうに鰯を見に集まったが、おたがいに手ぶりで伝えあっている。みんな、ろう学校の児童たちだったのである。私は鰯を見てハッとした。夫婦と子どもたちだけでこれだけの鰯を一晩で食べることは無理である。私を助けるために買ってくれたのだ。明日になれば臭わないかと気にしながら私は帰途についた。翌朝、私は暗いうちから新鮮な鰯を持って昨日の農家へと急いだ。もし昨夜の鰯が残っていたら、引きとって新鮮な鰯を置いてこようと思っていた。農家の近くまでくると、鰯を焼く香りがただよってきた。そっと庭をのぞくと、夫婦と子どもたちが庭で楽しそうに朝食用の鰯を焼いていた。声をかけようとして私はとまどった。あの夫婦なら恐らく私に損させまいとして、それ以上に気を使うことだろう。あの夫婦にもう負担をかけることはするまい……。

私はこよなく美しい情景を目に焼きつけた後、無言でその場を去った。やがて私は鰯売りをやめて、長崎県のろう学校教師の道を四十年歩むことになる。あの夫婦にはついにめぐりあえなかったが、児童が家に遊びにくるたびに心の中に鰯の香りがただようのだった。

香り・死期

柳川 幸子
72歳　無職　大分県

気がついた時、というよりその香りに気を取り戻したと言う方が正確でしたかも知れませんでした。その甘い執拗なほどの香りの中を、私はすぐ母の姿を探して室内を見廻しました。母は私の枕上の文机に何か書き物をしているような格好で、うつ伏せになって、母の黒髪の横の花瓶に真っ白い、くちなしの花が挿されているのが、母の黒髪と対照的に眼に写ったのを、今でもはっきりと思い出します。

昭和二十年の九月五日のその日、米軍の進駐で日本女性は皆、もてあそびものになるだろうとの流言飛語が、焼野ヶ原の鹿児島市内に飛び交っていました。

父も兄達もみんな戦死して、母と二十四歳の私と二人きりのバラック小屋で、母は私に

「お父さん達のところへ行きもそ!」

と、自殺を決心して言いました。

死の支度を終える間、私は母の行動をただじっと座って見ていました。仏壇の位牌を下ろして、父、長兄、次兄、三男と右から順に文机に並べて置きました。

それから、庭へ出て行きました。小屋に戻った母の手には、くちなしの花が持ちきれない程束にして持たれ、忽ち狭い室内を甘い香で埋め尽くしてしまいました。

母は私の掌にこぼれそうになる錠薬を持たせました。そして「これで飲みなさい」と牛乳の入ったコップを渡し、私が飲み終わるのをじっと見据えていました。

後で母が私にだけ牛乳で飲まして蘇生させたことを知った時、私はあの恐い顔で私が服毒し終わるのを見届けていた母の心の裡を初めて優しさの究極の顔とは、恐ろしい表情をするものだと解りました。

母がどこからカルモチンを手に入れ、何故致死量や飲み物で薬物を嘔吐して死なずに済むかなどの知識を勉強していたのか等、今は知りようもありませんが、くちなしの花の香が匂いはじめる季節が来ると、私の記憶は、はっきりと、私の掌にのせられた錠剤と、母の黒髪の上の花瓶に挿された、白いくちなしの六弁の花を鮮やかに甦らせるのです。そして私の死期もきっと、くちなしの香のときに訪れるという、奇妙な確信さえ、この香りは運んでくるのです。

母の勲章

田中 江里子
18歳 看護学校学生 埼玉県

「お母さん……」

本当に疲れているのですね、あどけない少女のような顔でうたた寝して。そして、いつもの匂いがしています。そう、尿と便、それに消毒液とが入り交じった、すえたような匂いが……。きっとこの匂いは、看護婦としてもう躰《からだ》に染み込んでいるのですね。

正直に言って、幼い頃は、この匂いがとても嫌でした。こんな匂いのお母さんを、まるで汚い物のように感じていたのです。

でも、この匂いの本当の意味を知ったのは、偶然でした。それは、準夜勤で仕事が終るのを待っていた時です。数回目の巡回も終り、ささやかな休息の時に、突然ナースコールが鳴ったのです。それで、その病室を覗いてみると、お年寄りの患者さんが便を失禁して、床は一面便の海でした。辺りには、顔を背けたくなるような匂いが充満していました。その便の海をモップと雑巾を手に走り回っている、私の知らないお母さんが一生懸命に働いていたのです。

その姿を見て、言葉ではいい表すことができない感動を覚えました。なんだかお母さんが、別人のように輝いていたからです。

そして、やっと分ったのです。お母さんの匂いが。この匂いは、ただの嫌な匂いではなく、お母さん達看護婦さんにとっては、勲章なんですね。

「お母さん、……」

私もずいぶん悩んだけれど、お母さんと同じ道に進むことにしました。明日、学校で戴帽式があります。ようやく、看護婦として新しい生活が始まるのです。

見守っていて下さいね。お母さんと同じ匂いが身につくように。私にも、看護婦としての勲章が輝くようにと。

手袋

中島博男
70歳　無職　千葉県

外に出てから気が付いた。

オーバーのポケットに手袋がない。体中のポケットを探ったが、やはりない。

ドアをあけて部屋に戻った。靴のまま爪先立って畳の縁を辿り、洋箪笥をひらいた。

昨日の夕方。スーパーに行ったとき羽織ったジャンパーのポケット、他の衣服。それらのどれにも見当たらない。久しく穿かないズボンからは、くしゃくしゃのハンカチが「ご無沙汰しまして……」と、出てきたっきり。

近頃、頓《とみ》に鈍くなった頭脳に鞭打って考えたが、どこに蔵《しま》ったのやら思い出せない。

「忘れっぽくなったな」

癖になってしまった独言が唇に出た。すると、洋箪笥と並んでいる妻の和箪笥に目が止まった。

小抽斗をギチギチ言わせて引くと、あった。きちんと折り畳んだ数枚のハンカチの隅に、すこし毛羽立った駱駝色の布地の甲にぽっちり赤い薔薇が咲いている手袋が……。

ちょっとためらったが、はめてみた。

なんと、ぴったりではないか。布皺一つ寄らず、ぴちっと手に納まっている。

妻とわたしの手は同じ大きさだったのか。思ってもみなかった。なにか鋭い物で胸をグサッと突かれたような気がした。

三十九年も共に居ながらわたしはこのことに全く気付かなかったのだ。同じように妻とのかかわりで、もっと大切なもの、取り返しのつかないことを見過ごしていたのではなかったろうか。

オーバーを着たまま箪笥の前に立ち竦《すく》んでいたわたしは、手袋をそっと鼻に近付けた。

妻の匂いがするか、と思ったのだ。

だが、鼻を打ったのは、微かなナフタリンの匂いだった。わたしは「借りるよ」ともう決して逢うことのできぬ妻に囁いた。そう言わずには、居られなかった。このときから後、ナフタリンの匂いを嗅ぐと、妙に切ないような、懐かしいような思いがしてならない。

ちいちゃんのミニトマト

高島 宏美
34歳 主婦 奈良県

夏休み間近の暑い日、照りつける強い日差しと、手にしたミニトマトの鉢植えからのむせるような匂いに、フラフラしながら私は我が家のベランダにたどり着いた。

娘が幼稚園で育て、たわわに実ったミニトマトはすでに、黄色から橙色に色づいていた。

そして二、三日もすると真っ赤に熟した。

夕方、洗濯物を取り込む私の傍らで、

「今日は一つ」「今日は二つ」

と、娘は嬉しそうにミニトマトを摘んだ。

娘の掌中の真っ赤な実は、温かく、鉢全体は、強烈な甘ったるい匂いを放っている。

水やりを絶対忘れず、慈しんでいる娘には悪いが、この種の匂いも、ミニトマトも苦手な私は、早く実がなくなり、枯れてくれることを心ひそかに願っていた。

やがて実がなくなり、鉢は葉だけになった。

それでも、娘は水やりを続けた。

夏休みが終わろうという頃、ミニトマトは再びうす黄色の小さな花を咲かせた。

二学期には幼稚園で又この鉢を使う。九月半ばいよいよその日が来た時、娘のミニトマトは、小さな小さな実を九つ結んでいた。

しょんぼりと最後の水をやる娘。

私は別の植木鉢を用意した。

「ミニトマト、お母さんの日まで持つかなぁ」

それが、娘のありがとうの言葉だった。

一ヵ月経ち、二ヵ月経ち、水をやる娘も半袖からトレーナー姿になった。ミニトマトの実はゆっくりと、ゆっくりと大きくなり、三週間も四週間もかけて色づいて来た。葉は枯れて、あのむせ返るような匂いも、もうない。

残された力を振り絞るようにして赤くなったミニトマト五つが、十一月二十九日、主人と私の結婚記念日の夕食を彩った。

お母さんの日とは、この日のことだったのだ。

「お父さん、お母さん、おめでとう」

言葉にならないまま、口にふくんだ最高のプレゼントは冷たく、甘かった。そして、かすかに過ぎ去った夏の香りがした。

香りの言葉

黒宮 朝子
46歳　保母　三重県

　サラザールは、二歳六ヵ月でした。日本へ来て、まだ半年程しかたっていません。両親は日系のブラジル人で出稼ぎに来たのです。

　四月からA保育園のもも組さんでした。朝七時半から、夕方五時まで園にいました。長い長い一日です。毎日泣きました。だって日本語が全然、解りません。担任の私も、ブラジルの言葉は、何も知りません。私は、おんぶをしたり、だっこをしたり、できる限り笑顔で接するようにしました。けれども、ほんの少しの間、泣きやんでも、また思い出したように泣くのでした。

　連休も過ぎたある日、もも組さんは、外で遊んでおりました。砂場で、山や川やおだんごを作っている子らの中へ、彼は、入って行きませんでした。やっぱり、今にも泣きそうな顔で、運動場の隅に一人でいます。

「サラザール、お砂でソフトクリームを作りましょうよ」

　私の誘いにも乗ってきません。少しそっとしておこうかしら。私は、砂場の仲間に入って、砂の御飯を食べるまねをしていました。

その時です。いきなり私は鼻の辺りに、何か押しつけられました。サラザールです。それは、純白の花でした。もう泣きそうな顔では、ありません。言葉は通じないのに、私に
「いい匂いがするよ」

と、目で言っているのです。

「オブリガート。くちなしって言うのよ。運動場の隅にいくつも咲いているのね」

私は、そう言いながら、思わず彼を抱きしめました。その頃から、少しずつ泣き顔は、少なくなって行きました。

やっと園に慣れたのに、それから二ヵ月後、彼の一家は、突然に遠い広島へ引越して行きました。

「新しい園に、どうぞ慣れてね」

私は、運動場のくちなしに祈るような気持で話しかけていました。

青紫蘇

蔭山 辰子
54歳　主婦　大阪府

「オーイ。何度あると思う?」

夫は、寒暖計の指す気温と、体感温度を比べて当てるのが好きである。

夏ならば「暑い真夏日だ……」

冬ならば「冷えるなあ。氷点下だ……」

と、年間を通して、とても気にするたちである。

七月も中旬に差し掛るというのに、梅雨明けの気配は一向に無い。はっきりしない、その日、夫は休暇を取ったといって休んだ。

夫が予告無しで休日を取ると、私は、あまり嬉しくない。居ない日に居る夫。只、それだけの理由で、一日が損したような気がするのは、私の我が儘なのだろうか。

勤務医の夫は、私より十歳近く年が上で、普通なら停年退職も当り前の年齢であるが、まだ必要とされて働いている。私は、少しは感謝と尊敬と同情を持ってはいるが、素直に労りを口に出さない。時々「身体だけは気をつけてね」と言うくらいが関の山である。「暑いけど、二六度くらいじゃない……」

「いや、二七度はあるぞ……」

夫は、いつものように、私と自分の予告を取り付けた上で、柱の寒暖計をのぞき込んだ。湿度も計れるこの古い寒暖計は、下のところに小さな器が付いていて、水を入れると湿度の表示もしてくれる。十日に一度くらい、夫は、自分で水を入れて、その都度手の平でささっと拭く。もう何年も続いている。

「ほら、二八度もあるぞ。二八・三度――かな」

俺の方が近かった。

夫は、自分の言った数字が私より近かったので満足顔である。――いつも私は、少し体感より外していっているのに――。

予報通り又空が曇ってきた。梅雨はまだ明けそうにない。

私は、今日の予定には無い、夫の為の昼食の支度に立ち上がった。

おそばでも茹でようか。

コトコト　トコトコ
私は薬味に葱と夫の好きな青紫蘇を刻んだ。

本日閉店

榎本 清

入口の戸を後手にしめて、店の中を見回した。右手の細長い座敷は若いサラリーマン風の一団に占領され、真ん中の配膳台を兼ねたカウンターも、左の二組ばかりのテーブル席も一杯である。立ち籠める熱気と煙草のけむりに、衿もとのマフラーをとってポケットにつっこむ。振り向いたお内儀さんに目顔で応えて、暖簾の下がった調理場の入口の、カウンターの端の椅子に座った。

この店ができた頃は静かな住宅街だったこのあたりも、駅近辺はすっかりビル街に生まれ変り、横丁の仕出し屋兼焼肉屋の、ふだんは閑古鳥のこの店も、忘年会シーズンらしく賑わうこともある。

客の間を巧みに行き来するお内儀さんと、親爺さんの姪で手伝いのチーチャンの様子を横目に、調理場を一人で仕切る親爺さんの張り上げる大声を聞きながら、新聞や週刊誌を読んでいるうちに、ボツボツ客が帰りはじめた。この店の最後の料理、私の「特製お膳」は、こうして客が全部引きあげて店に誰もいなくなった頃合に出る。あらかた店の片付けをして、お内儀さんとチーチャンは二階に上がった。私を寛がせようとの心づかいだ。

調理場の後片付けをして、湯呑みを片手にカウンターに座った親爺さんは、競馬談義をしているうちに生欠伸《なまあくび》を嚙み殺す。「四捨五入すれば七十」という親爺さんに、久しぶりの大立ち回りはさすがに応えたようだ。「特製お膳」の食器を私が流しに運ぶうちに、親爺さんは暖簾をしまい、カウンターの中央に線香を立てた。今日一日の、客が持ち込んだ喜怒哀楽、因縁のすべてを、その香りが清める。「本日閉店」である。閉店後に無理矢理入ろうとする酔っ払いも、この香りには割に素直に引き下がるという効用もあるそうな。

表に出て、マフラーを首にまいた。人通りが途絶えて、吐く息がうっすらと見える。初詣には親爺さんの故郷のお伊勢さんへ行く。一人暮らしになった私を気遣って、親爺さんが誘ってくれた、秋口からの約束である。

（56歳　無職　千葉県）

ドーランの香り

西村 泰子

息子が大部屋俳優になって十年。役者の仕事は不規則が常で、撮影が深夜に及ぶことや、朝の早いことなど珍らしくもない。

ロケの日は弁当持参で、ロケバス出発より一時間前に到着し、ドーランメイク、かつら、衣裳着付けを済ます。現場に入っても、後から来て出番を済ませ、さっさと引き揚げるスターとは異なり、あっけなく終わる出番をただひたすら待つ。

ある時は浪人、ある時は武士、町人、同心、やくざ、村人etc。そこに存在感があればそれでいい、そんな役どころで、せっかく撮ったフィルムも仕上げにカットされることもある。それでも、茶色い壁土を練ったようなドーランを塗り、メイクする。

「どんな役でも、その場でこなし、その人物になり切る。リハーサルを何度やらされても、本番で今初めてという顔で演じる、それがプロ、分かる?」ときたものだ。

夏は汗で蒸れる炎天下にかつらをかぶり、冬は薄い衣裳に身を縮ませ、出番を待つのも仕事の内とか。暇があれば、木刀を握り殺陣の稽古に汗を流す。

私は今迄、映画を観ても、テレビを観ても、主役スターとストーリーに心奪われ、回りの景色に溶け込んでいる脇役には、目もくれなかった。端役など、アルバイトで十分と思っていた。だが、今は違う。背景になって主役を引き立て、物語を盛り上げる原動力の俳優達に目を凝らす。通行人、茶店の少女、土場の男、飲み屋の客など、その一人ひとりをくまなく目で追い、演技している彼等の表情を丹念に観る。

台詞のある台本の回ることもある。大抵は悪役で、ばっさり斬られたり、弱い者をいためつけるごろつきであって、テレビを観る私は物哀しくなる。「脇が上手くないと、主役が光らないんだ!」、息を弾ませる息子の顔に、洗い残しのドーランが匂う時、厳しさを知る背中が一段と大きく見えた。

(55歳 主婦 京都府)

きびしい時代だからこそ身近に感じたい香り

第9回は「くかい（句会）」という言葉の洒落で香句《かおりのく》部門も設けられました。

特別審査員に迎えた俳人 榎本好宏氏は「(自身が) ある匂いに出遭ったりすると、己の中に潜んでいる想念と感応する」と、作品集『かおり風景』に語っています。

また、平安期以降、文学の中で香りが息づいた日本では、江戸期に芭蕉が、俳諧用語として「におい付け」という連句の方法論を生み出したと解説。

そんな日本の文化の中で、四千句ほどの応募作品の多くが、日常の香りの類想から一句を作っていることの現代性に改めて驚きを示しました。

エッセイ作品からも身近な日常生活から「香り」を発見する様子が伝わりました。

雇用不安が世の中に広がり、出版物では『清貧の思想』が読まれた一九九三年。

香りはバブルの時代とは違う求められ方を見せ始めました。

藤本義一審査委員長は、香りのエッセイを書く人のために「深刻に考えても過去の香りは甦ってこない。それよりもリラックスした気持ちになった時、過去の香りは漂い出るものだ」とその本質を示唆しました。

1993

第9回［香・大賞］入賞作品

一九九三年募集・一九九四年発表

たちばな通り商店街

川上恵
46歳　主婦　大阪府

〝たちばな通り〟という商店街があった。

へんぴな村で唯一、店屋が並んでいる通りである。ボンネット型のバス一台が、かろうじて通れる道幅だが、一応は本通りだ。

荒物や、雑貨や、薬局、クリーニング店、仏壇や、八百屋……どの店もしもた屋風の造りで、低い軒の内で商っている。

私は殊の外、畳やの店先が好きだった。

大将の源三さんは薄暗い土間で、いつも俯《うつむ》いて仕事をしていた。天井からは、裸電球が一つぶら下がっているだけだ。頭に鉢巻きをしているが、まいど同じ柄の日本手拭だった。夏、冬を通して着けている、ラクダ色の毛糸の腹巻には、煙草とマッチが入っている。

源三さんは、無口だが腕の良い職人だ。

キリの先ほどもある縫い針に、太い糸を通し、一針ずつ畳の縁を縫っていく。一針さしては針を引きぬき、右手の肘で力一杯、糸を引っぱり上げる。細く小柄な体のどこに、こんな力が隠されているのかと不思議な気がした。右腕は左腕に比べ、ずい分太い。その手に山ン婆が持つような、厚い刃の包丁を握り、ぐっと息を詰める。私の一番すきな瞬間だ。

そして一気に、畳のヘリを切り落とす。

〝サクッ〟と小気味のよい音がして、暗い土間いっぱいに、イ草の清々しい匂いが広がった。清冽な香りだ。

小学生の私は、鼻孔を大きく膨らませ、緑色の匂いを思いっきり吸い込むのだった。

新素材の畳が出回っても、藁を使っていない軽い畳なんてと、商わない。相変らず低い軒の下で、藁屑やイ草に埋もれて、黙々と仕事をしていた。

時代の流れか、古本屋がなくなり、下駄やがなくなり、荒物やが姿を消し、最後まで頑張っていた源三さんも店を閉めた。

たちばな通りに商店は一軒もなくなった。

そういえば、私は一度も源三さんの声を聞いたことがなかった。

イタリヤくさい塊《かたまり》になろう

樋口 妙子
31歳 主婦 神奈川県

家庭内の不満度が上がってくると、私はとりあえずピザを焼く。部屋の片隅からパン焼き器を出すと、息子と娘の目が輝く。そう、不満の半分はおまえ達だ。「アッチへ行け、ウットオシイ」。強く念じてもすり寄ってくる。何んで私だけが、いつも家庭に取り残されているのだろう。

ガタゴト言っていたパン焼き器が静かになると、娘がフタのスキ間に鼻を押しつける。「いいニオイがしてきたよ」。彼女はパン生地の発酵したニオイが好きだ。近頃、ウィスキーとは御無沙汰だが、これもアルコール臭には違いない。「しあわせなアルコール臭だ」と、思う。酒クサイ母親とパン生地の香りがする家とでは、平和の度数が違う気がした。

ピザソース塗りは子供達の仕事。私はチーズやハムを散らす役。息子が得意げにバジルのビンを台所から持って来る。「これがなきゃイタリヤにならないよ」と、通ぶる。オーブンからチーズのこげるにおいが流れ出す。「ネェそろそろだよ」。子供達がソワソワしだす。「コップ出して！　お皿とフォーク並べて！　お手拭き持ってきて！」ひと騒ぎした後、ピザを切り分け皿に盛る。アツアツをホオばるとハーブ独特の香りが鼻に抜ける。「いいセンスしてるじゃん」と息子を見ると、彼はそこらじゅうを赤くしてモクモクと食べている。

お腹が満たされた頃にはイライラが消えていた。「あーお腹一杯！　さぁ寝るぞ、寝るぞ、お昼寝だぁ！」全然、母親じゃない。お山の大将のアクタレだ。ダブル・ベッドのまんなかに大きな子供の私がいて、両脇には本当の子供がスヤスヤ寝てる。私の顔にホオ寄せて。二人のピザくさい寝息を胸一杯、吸い込んでみる。「もう少しだけこうしていようかな。あと数年すれば、また仕事に就けるさ。今だけだ、今だけのしあわせだ」。イタリヤくさい塊になって、さぁ眠ろう。今日は久し振りにダンナを笑顔で迎えられそうな気がした。

母の玉葱

天野 汀子
55歳 主婦 北海道

母の涙を見たのは、殆ど台所であった。

「母さんどうしたの」と問う私に、「玉葱が目にしみるの」と、母の答えはいつも同じであった。私は昭和十二年北海道の釧路で生まれた。四歳の私は、母の返答に納得できず母の手元を見ていた。確かに玉葱の時もあったが、多くはじゃが芋の皮を剝いていた。

そんな母に「どうして……」と、それ以上何も言ってはいけない、貧しい暮らしを感じ取っていた。怠け者の父が定職にも就かず、その上、父は感情次第で暴力を重ね、母には毎日の生活が修羅場であったに違いない。

二歳年上の姉と、三歳年下の弟の面倒を見ながら、母は昆布加工の内職をしていた。

父が家に居ると私は緊張した。両親の顔色を見ながら、父がいつ癇癪を起こし、食卓を引っくり返すのか、又、母が殴られるのかとビクビクしながら、私は父の居ない時間を待ち望んだ。そんな最中、弟が病死した。

父は「お前が殺した」と、母を毎日苛め続け、我子に先立たれた母に「出て行け」と暴力を振るい続けた。遂に母との離別の日が来た。子供を欲しいと哀願する母に「子は遣らん、お前だけ出て行け」一人だけでもという母の言葉に、耳を貸す父ではなかった。

母は泣きながら、小柄な躰に風呂敷包みを背負って線路伝いに去って行った。

私達が大声で「母さん帰っておいで」と泣き叫んでも、母は一度も後ろを振り向かなかった。あの日、あの時の光景を生涯忘れる事は出来ない。間もなく私達は二つの海峡を渡り、父方の祖父母の住む四国の徳島へ連れて行かれた。父は、偶《たま》にしか帰らなかった。

我家の鈍な包丁で、玉葱を刻むたび涙が出る。その涙が、玉葱のせいなのか、遠い日の母を偲んでの涙なのか眼鏡を拭きながら思う事は、玉葱を二つに切った時の、あの迸《ほとばし》るような独特の香気は、何故か母とは結びつかない。やはり母の玉葱は、土の匂いのする主食替わりの、じゃが芋であったと思う。

あたしのルーツ

高野 佳子
41歳　主婦　富山県

ねぇ、あんた水田《みずた》のニオイってわかるぅ？　水田って言うのはねぇ、春先の田植えが終わったばかりのころで、満々と水が入っている田んぼのことよ。あんた東京育ちじゃ、わかんないよねぇ。

冷たい雪解け水が流れるにつれて、少しずつヌクくなって、百姓の耕した田んぼに入るころにはすっかり温んでね。それが水田をわたる風にさらわれて、あたしの鼻腔をヌルリと通り過ぎる、とたんにあたしを形作っている細胞がグニャリとしちゃう、そんな感じ。もっとも、稲刈りの干しワラのようにきついお陽さまの匂いを発しないから、誰も何にも思わないのかもしれない。

もう十年も経つかなぁ、あたしが初めて水田の匂いを意識したのはねぇ、東京に出て初めてのゴールデンウィークに家に帰った時。あたしんちは田んぼに囲まれていたから、バスを降りてうちに着いたとたん、都会暮らしに緊張した神経をフッとほぐすような、不思議な匂いがしたんだよね。別に気持ち悪いとかそんなんじゃなくて、何かヌボーッと体にしみ込んでいくような……どういったらいいのかなぁ。とにかく心地良いんだけど、どこか不思議なって言うのか。

あたしさぁ、今も、東京のどっちかというと下町のマンションに住んで、一応銀座の会社に勤めているでしょ。もう、自然なんて言葉すらゼーンゼン考えられないような毎日なんだけどぉ、何かふっと思い出すんだよね。この間も、お茶当番だったもんで、みんなより少し早く会社に行ったのよ。大きなビルの一角にある事務所なんだけどさ、一年中ほとんど定温に空調が効いてるでしょ。それはそれなりに快適なんだけどさぁ、誰もいない事務所に入ったとき、鼻先にツンとする冷っこい無気質な感じが、たまらなく嫌なんだよね。

そんな時、体のどこかであの水田のヌルったい匂いを懐かしんでいる自分がいるんだよねえ。あの水田の泥が嫌で、百姓がしたくなくて東京に居座ったはずなのに……。

瓜の粕漬

奥村 道子
61歳　主婦　愛知県

「明日は、よろしくお願いね」クラス会の前日になると決まって電話をよこすNさんは、小学校からの親しい友人である。四十歳頃からNさんの視力の低下は始まり五年後には「もう明かり位しか……」と告げて私を驚かせた。視神経を圧迫しているものを取り除く手術を受けたが、二度目の手術の時に麻酔の段階で呼吸困難を起こし中止となってしまった。「向うの入口まで行って来たの」。気丈に笑って見せたNさんに、再び視力は戻らなかった。ぱっちりと見開く眼は今も少女のように澄んで奇麗だ。

開会の挨拶の最中に、Nさんはどっしりとした包みを黙って私の膝の上に載せた。何重にも包まれているが、よく匂う粕漬であった。(後にしてくれればいいのに。匂って困るじゃない。お料理が台無しだわ……)半ば迷惑顔の私の事などお構いなしに持参のタオルを洗濯ばさみで肩先に留めている。お膳に並ぶ器を手に持たせて料理の説明を添える私。「有難う」を繰り返し言いながら美味しそうに口に運ぶ。これが総て手摑みなのだ。楚楚とした昔の姿はここにはない。食べ方が早いので私が他の人と話していると手はお膳の上を這いかける。

真桑瓜の粕漬は、停年退職をされた夫君との共同作業と話す。「私の仕事は塩塗り。父さんは『手伝いなのか邪魔されてるのか……』と笑うけど……」。色んな会話が弾むらしい。「今年は辛《から》過ぎたの。でも食べてみてね」。「有難う。この粕漬は夫婦愛が加わってよく匂ってるわ」。私の言葉にNさんは尚、「辛いのよ、塩が過ぎたの」と。その時私はハッとした。先程、これ何?とさざえの壺焼を鼻先に翳した私にNさんは頭を振ったではないか。迂闊だった。(視力ばかりか嗅覚まで無くしていたのね)それなのになんと美味しそうに食事を戴くのだろう。席の回りに瓜漬の匂いが漂うことも分らなかったのだ。上辺だけの親切心を恥じた私は瓜漬の包みを胸に抱いた。

ハエと食べたお弁当

井上淳
13歳　中学生　京都府

「ふぅーっ、やっと着いたぞ」

汗だくになっている。だいたい遠足で山登りするなんて反対だったんだよな。でも、遠足には、たった一つ楽しみがある。それは、弁当を食べること。

先生が「お昼ごはんですよ」と声をかけた。ぼくは、弁当がおいしく食べられそうな所を選んで座り、ゆっくりと弁当のふたを開けた。いいにおいだ。ぼくは大きく目を開いて中身を見た。トンカツが四切れ、卵焼きが二切れ、ミートボールが五つ、からあげが二こ、菜っぱがひとかたまり、そして、おにぎり。よだれが出そうなくらいおいしそうな弁当だ。

ぼくは、はしを持って、トンカツを食べようとした、

「いや、ちょっと待てよ。まわりの人たちの弁当を観賞してから食べてもおそくないな」

ぼくは、他の人の弁当の景色を見に歩きまわった。いやはや、どれもおいしそうな弁当だ。やがて、ぼくのお腹のへり具合も極致に達したので、自分の領地にもどってきて、弁当に食らいつきかけたが、な、な、なんと、ぼくの大好物のトンカツの上に黒い点が二つ。

確かにさっき弁当を開いた時には、こんなおかずはなかった。よくよく見るとハエ、ハエがたかっているのだ。ハエもトンカツのにおいにつられてやってきたのだろうか。

ぼくは日本国中の高校を全部受けて、全部落ちたほどかなしかった。

急いでハエを追いはらって、ハエにたかられたトンカツをじっと見る。こんなきれいな空気、こんなきれいな自然の中で育ったハエだ、もしかしたら害がないかもしれないぞ。

ぼくは、トンカツのにおいをかいでみる。においに異常はない。トンカツを口元に近づけペロッとなめてみる。おいしい。

気がつくと弁当がなくなっていた。だれに食われたわけでもない。ぼくが食べたのだ。

打瀬船《うたせぶね》

篠原 功
62歳 農業 愛媛県

五感の中で最も淡い対象となるのは香りである。それ故に繊細な感受性を必要とする。

昭和十年頃、私は四、五歳。当時父は小さな港町で酒屋兼雑貨の店を出していた。すぐ前の入江には六、七十トン級の汽帆船が出入りし、回漕店の指示待ちの船も多かった。

毎年、十一月末になると吹雪まじりの西風がよく吹いた。そんな日の夕暮れ、汽帆船の横腹に割り込むように入って来る打瀬船の小さな群があった。五間《けん》足らずの船で胴の間の中程に二間余の帆柱があり、下に粗末な船室がある。袋網を海底に曳いてエビや雑魚を取るのを業としており、殆んど夫婦者であった。

私の家の裏に打抜き井戸があり、潮の干満に応じ水面が上下する面白い井戸だが水の質は良かった。打瀬船の女たちはこの水を汲みに来る。「水つかぁしゃあ」の島言葉は純朴で柔らかいニュアンスがあった。大きい水桶二つを天秤に担いで、岸壁から架けた狭い板の上を器用に渡った。井戸端にエビや雑魚の入った大きい笊が、時として残されていた。

ある日、水汲みに来た乳飲み子を背負った女が、母と井戸端で笑いながら立話をしていた。

私は一度打瀬船に乗ってみたかったのだ。帆柱に網が三角状に干されてあり、胴の間の入口から三段の梯子を降り船室内へ入った。機械油と魚の混じった匂いがした。左右二つの丸窓からの淡い光の中に、積み重ねられた夜具や、卓袱台《ちゃぶだい》があり、奥の小さな神棚に金比羅宮のお札が祭られていた。壁板、天井すべてに生活そのものの匂いがあった。ふと、足下を見ると小さな鏡台があり、抽斗《ひきだし》は半ば開き、白粉や髪油の小瓶が覗いている。黄色い櫛が鏡の前に置かれていた。そこの二尺四方の空間だけが、柔らかく刺すような芳香があった。見てはならぬものを見た、と私は急いで船室を出たのである。

母の湯上りの香りに似ていた。

香水と硝煙

竹内 ころく

香水の香りに、戦闘ブーツや硝煙をぼくは連想してしまう。

ぼくが小学生のころ母は、ときどき夕方になると念入りに化粧しては出かけた。そんな時ぼくは部屋のすみにしゃがみこんで、鏡に向かう母を黙って見つめていた。

鏡の奥に映る母はひどくピリピリしてどこか怖く、声をかけることはできなかった。

化粧が仕上がっていき、最後の仕上げの香水がシュッと一吹きされると、ぼくはいつも自分の部屋に逃げ込んでいた。「いってらっしゃい」が涙声になるとわかっていたのだ。

玄関の鍵がカチッとかかった音に、捨て置かれたような気分でベランダのカーテンをずらして見ていると、母はハイヒールの音をカツカツと響かせながら背筋をぴんと伸ばして車に向かっていた。その様子はまるで戦場へ向かう兵士のようだった。戦いのまっただ中へ向かう兵士のようなせっぱつまった緊迫感を発散していたのだ。ハイヒールの音は、ぼくには戦闘ブーツの靴音のように聞こえた。

母の車は行ってしまい、そのまま向かいのビルを眺めていたりすると、もう明りのついた窓から、同じクラスの子が、当時のぼくにはどんなものだかよく理解できなかった『お父さん』とよばれる人とテレビを見ている姿がのぞけたりした。大人でもテレビを見るのかと不思議に思ったものだ。

今ぼくは大学生になり、マイナーなイラストレーターの母が、そうやってパーティ・コンパニオンの仕事もやりながらぼくを育ててきたのだと知っている。

今では、母が化粧をし最後の仕上げに香水を一吹きしても、自分の部屋に逃げ込んで枕に顔を押しつけて泣いたりはしない。が、やはり香水の香りに、戦いに出かけてゆく兵士の姿を連想してしまう。戦闘ブーツの音を響かせ、硝煙の漂う戦いのまっただ中へ赴く、青ざめた孤独な兵士の姿を。

（19歳　大学生　福岡県）

悲しい『香り』

杉山 幸雄

今年も、又帰郷が始まる上野駅地下道の中央にある、食堂グラミが私の仕事場である。

「今迄イラン人がいたな」、「マスターは良く判りますね」と店員に言われる。どうやら私にだけ匂うらしい。鉛筆を削った香りがする。

「オヤジサン又来たよ」春先、元気良く稼ぎに出た人達が戻って来るのは、十二月二十二、三日頃からだ。手回り品と土産物を両手に、早くも赤い顔をして入ってくる。「そのままで二本、ギョウザとニラレバ」レバーと決って伸ばさないのも、共通である。

大抵は二、三人で早速方言で喋り捲る。日本語でありながら日本語でない日本語、私はたちまち、外国人にされてしまう。

もう六十に近い労務者風のお客が入って来た。テーブルに付くと伏し目勝に小声で「酒そのまま一本」よほど断ろうかと思ったが隣の席から「俺にも一本」と声が掛り注文を一緒に通してしまった。忙しい時間が終りふと見るとあのお客がまだいるのに気づいた。私の視線を感じたのか汚いタオルで目頭を押さえた。『やられた』と感じたが、又次のお客が入り、私も気にはしていたが、そのまま閉店になった。永くここで仕事をしていると此の様な事も珍しくない、無銭飲食だ。

警察に突き出すか、たかが酒の一本、勘弁してやるかな、お客の持つ雰囲気が何故か迷わす。「一銭もないの」無言で頷く、「判ってて注文したの」頷く、「警察に行く」又頷く、嘘でもいいから何か言えば良いのに余り素直なので私も困る。「どうしたの本当は」、やがて咄々と方言交じりで話す事によると、仕事もあぶれがち、最後の賃金から色々と差し引かれると上野までの交通費しか残らなかった。こうなるとは判っていた事。「でもね旦那ここまで来ると匂うんですよ、俺いらの村の香りが」。嘘で固めた言い訳と知りつつも何か心打つものを感じ無罪放免、外に出してやった。

（63歳　自営業　東京都）

コロの一生

村田 春雄

昭和五十一年、真夏の昼下がりのことです。京都U警察署の中庭に一匹のプードルがつながれていました。体中はかさだらけ、間断なく襲うかゆさのため、コンクリートに体をこすりつけながら弱弱しい声で助けを求めていました。浮浪犬です。あまりの哀れさに「来い、来い」と声を掛けると、身体をすり寄せて来ました。この瞬間私は救助の手を差しのべようと思い、係員の了解を得て、知人の獣医に診察を依頼しました。「生後四年ぐらいの雌、しっぽは自分で噛み切ったものと思います。入院は一週間、費用は八万円ぐらいです。皮膚病に手を焼いた飼い主が捨てたのでしょう。健康な仔犬を買うぐらいつきますよ」以上が所見でした。私は即座に「要は、この仔犬の命を救ってやりたいだけなんです」と言い切ったことを、昨日のできごとのように覚えています。しかし、退院時獣医は、一万円しか請求しませんでした。当時、私の家族は私たち夫婦、母と姪の四人暮しでした。退院後も十日に一度は通院し、治療を続けたため、耳の中からつめの先まで拡がっていたかさも、二か月後にはすっかり消え去りました。

姪がコロと命名し、爾来十年、幸福な毎日を過ごしました。私が急性心筋梗塞で入院中、「表で自動車が止まるたびに玄関へ迎えに行き、人違いと判ると、すごすごと帰って来るのです。それが夜の十一時ごろまで続くのですよ」という近況を聞き、もう一度、我が家の敷居をまたがねばと思いました。九死に一生を得て退院後、姪は縁あって熊本へ嫁いで行きました。コロは姪を待ち受け、首をかしげる日が続きました。翌年の一月中旬に、ゆうパックで、姪の手編のカーディガンが送られて来た日のことです。コロは異様な鳴き声を挙げ、カーディガンを、狂気のようにかぎ回りながら、叱っても叱っても離れようとはしませんでした。それから二年後、コロは世を去りました。黄菊と白菊を両手で抱えながら送り出してやりました。

（69歳　無職　京都府）

おばさん、ごめんね

安達 成彦

運動会の「親子フォークダンス」の練習。古いスピーカーから流れる割れた音が止んだ瞬間。

フッと鼻孔を刺す、甘いような、薬のような匂い。「誰かゲランのミツコつけてるでしょ!」。小学校二年の私は得意げに周りを見回した。

何人かのお母さんが「あらぁ」と笑いながら私を見て笑う。ちょっと誇らしげな気分。犯人捜しのつもりでクンクンと鼻を膨らませた。ゲランの主は、隣のクラスのお母さんだった。その家は魚屋さんで、時々、買い物をしたことがある。「魚屋のおばさんでしょ、ミツコつけてるの」。私が指さすと「あら、この香水、ミツコっていうの。おばさん、知らなかったわ」と困ったような顔をして笑った。

この話は、当日練習に参加しなかった私の母親の耳にも届いた。

母は眉をひそめて、私を叱った。

「他人様の香水のことを子供が口出しするもんじゃないのよ。知らない振りしていればいいの。マセてるんだから、あんたは」

七歳の私は、理不尽なことを言われたような気分。それから、買い物を頼まれてもその魚屋には行かなくなった。小学校五年になると、魚屋は店を閉じ、引っ越してしまった。

二十年経ったいま。私に指さされた魚屋のおばさんの気持ちが、なんとはなしに分かる。

きっと、おばさんは染みついた生臭さを香水で隠したかったのだろう。子供にも言われたのかもしれない。「お母さん、おしゃれしてきてね」と。

私はおばさんがまとった魔法のベールをはいでしまったのか。汗をかいて大声を出す日常から、専業主婦のお母さんたちと同化する魔術。

香りとは名前の知られた時に、その術が消えるもの。あの頃に知っていたら。

小さな後悔がいまだに残る。

(26歳　会社員　埼玉県)

あいまいな国日本の香りとペットたち

八十年代から関心が高まっていた環境音楽には「ヒーリング」や「いやし」といった「ゆらぎ理論」に基づく効果がありました。

また、コンピュータのデジタル感覚が浸透するなか注目された、人間の言語や推論のあいまい性を人工知能などに応用する「ファジー理論」。「ゆらぎ」も「あいまい」も明確な形をもたない香りのイメージにつながります。

そして、一九九四年は、作家大江健三郎氏が川端康成氏以来二人目のノーベル文学賞を受賞しました。その基調講演の演題は「あいまいな日本の私」。

この時代がさまざまな意味であいまいな気分の中にあったのは確かでしょう。

入賞作品では、二十代の女性二人が、それぞれ犬と猫に人間に対するのと同じような、複雑でゆらぎをはらんだ感情を抱いたことを綴っています。

この頃からでしょうか、ペットが家族同様の存在になるのは。

藤本義一審査委員長も、作品集『かおり風景』に藤本家の歴代の愛犬たちを紹介。自分も愛犬も香りの記憶の行きつくところに「おふくろの匂い」があったことを。

1994

第10回［香・大賞］入賞作品

一九九四年募集・一九九五年発表

くちなしの花

伊藤かずみ
50歳　主婦　東京都

「色々と御迷惑をおかけしましたけれど、この話はなかったことにしてください」しばしの沈黙ののち、私は思い切って、一気に告げた。「……」「申し訳ありません」私はベンチに埋りこみたいようなつらい気持で、深々と頭をさげた。「そうですか……」その人は腕組をして、池の面に視線をはせている。

「お母さん、ブランコのるからおして」ひとり遊びにあきた娘が走ってきて、私の膝にまつわりつく。「おじさんとお話し中なの。向こうでひとりで遊んできてね」「はーい」小さなスカートを翻して、ブランコの方に走って行った。

その人と私は、半年前友達宅で出会った。友達の仕組んだ見合いだったのだ。彼には中学生の娘、私には五歳の娘がいた。誠実・家庭的な人柄のように見受けられた。私の心は揺れた。八分通り再婚に傾いてもいた。が、自分の病身と相手の娘さんのことを考えると、二分のひるむものがあった。

私は娘の出産後すぐにリューマチとなり、身体の関節のあちこちに痛みがあった。新家庭を築くともなれば、それなりの心構えでスタートしなければならない。体調が悪いからと、伏せってもいられない。彼は「家庭のことは無理しないで、身体にとうてやってくれればいい」と言っているが、四人家族の主婦、むずかしい年頃の中学生の母ともなると思えば、気ままは許されないはず。娘さんは私に反抗的な態度でもあった。難なく私に解けこんでくれるとは思えない。同様に、私の娘が思春期になった時のことも心配だった。

「もう一度考え直してはもらえませんか」「申し訳ありません。今日が最後ということで」「お母ーさーん」娘がブランコから呼んでいる。立ち上った私の横に、白いくちなしの花が咲いていた。初夏のむせるような芳香を漂わせている。私は一瞬、深呼吸をするように、甘い香りを胸いっぱいに吸いこんで彼の方に向き、ていねいな一礼をした。

幼い日の記憶

北徳子
20歳　学生　大阪府

その家の前を通りたくないという為だけに五分も回り道をしたこともあった。道沿いに倉庫の様に大きな古い木製の犬小屋があったからだ。幼い私にとって、その小屋の主である巨大な犬は脅威だった。

敵意は伝わるものらしい。コリーの方でも私の姿を見ると、鎖を鳴らして門の手前まで飛び出し、鼻先を突き出して立て続けに吠えた。だが、スイミングスクールに遅れそうな時には仕様がなかった。祈る様な気持ちで恐る恐る進んでゆくのだが、小屋から数メートルの所まで近付くと、胸の悪くなる、ねっとりとした獣の臭いに足がすくんでしまう。

焦燥感、照りつける日差し、滲む汗。

次にその道を通る機会があったのは冬だった。霜焼けで上手く自転車のハンドルが握れなかったことを記憶しているから、真冬だったかも知れないが、例のコリーは、小屋に入り込んでしまっていて、見えたのは太い鎖とふかふかした尾の先だけだった。

その次にこの道を通ったのは、翌年の夏で、やはりスイミングスクールに通う時だった。

いつもの様に私は気配を殺して進んでいった。が、次の瞬間には訳の分からないままに門の所まで駆け寄っていた。凝視した。

――いない、犬が、いない。……

小屋には真白いペンキが塗られ、新たに段の様なものが取り付けられ、更にその上にはプランターや植木鉢がずらりと並べられていた。側面には、かつて彼が出入りしていた大きな穴がそのまま、鮮烈な白の中にぽっかりとした空間を残している。

朱や黄や紫に咲き誇る花から、花粉を含んだ濃厚な甘い匂いが微かに漂っていた。

犬は花に生まれ変わった、と思った途端、涙がぼとぼと落ちた。

父へ

宮下 禎世
27歳 会社員 神奈川県

午後五時、退社の鐘が鳴る。どやどやと洗い場へ詰め掛け、油で汚れた手と顔を洗う工員さん達。今日も一日が無事に終わった。さあ、家に帰ろう。うれしそうな顔。泡立つ石鹸の匂い。父のタオルの匂い。

いつの頃からか、父は自分の下着やタオルを入浴の際に手洗いして干すようになった。乾いた洗濯物の中に石鹸の匂いのするタオルが紛れ込む。柔軟剤の柔らかな匂いと違い、間違えて使ってしまうとまるで石鹸で顔を拭いたよう。ぷんと鼻につく石鹸の匂い。洗濯機で一緒に洗うから出しておいて、と頼んでも、こうして洗って干しておけば、すぐに乾いて使えるから、と変えなかった。

私の父は大工だった。雪に閉ざされ、仕事が無くなる長い冬、父は東京に出稼ぎに出た。職人気質で短気な父は、口より先にゲンコが飛んだ。お父さんは怖い人。そんな幼い頃の記憶からか、冬の間の父の不在をさみしいと感じたことはなかったのに。

ある年、父を出稼ぎ先に尋ねたことがある。プレハブ建ての宿舎の十畳程の部屋。テーブルが一つと、敷き放したままの数組の布団。仕事が終わっても迎えてくれる家族のいない侘しい生活。

暫くして、ちょっと待っててくれ、と外へ出た父をこっそり覗くと、洗濯機から洗濯物を取り出しているところだった。目と目が合った。空いてるときにしておかないと、なかなか洗えないからな、と照れながら笑った。汚れた下着やタオルを洗濯機が空くまで溜めてはおけない。入浴の際の石鹸洗いは仮の宿で生活するうちに身に付けた習慣だったのだ。

働くということ。家族を支えて生きるということ。私は何も知らなかった。何て親不孝な。故郷を離れ、社会に出て働くようになった今、ようやく理解できたのだ。

工場に漂う石鹸の匂い。父への想いで胸が詰まる。今なら言える。心の中で。

ありがとう、お父さん。

酢の香りが眼にしみる

佐川 芳枝
44歳　主婦　東京都

夫婦二人で寿司店を営んでいる。いまから二十年前、かた苦しい見合いの席よりも本人の仕事ぶりを見てほしいという仲人さんに連れられ、私はこの店ののれんをくぐった。

白木の格子戸をあけると

「いらっしゃい」という威勢のいい声と一緒に酢の香りが流れてきた。

カウンターに座った私に

「寿司は好きですか？」

見合い相手の板前さんがそう聞いた。

「ええ、大好きです」「寿司はうまいっスヨネエ」

板前さんは白い歯を見せて、うれしそうに笑った。このときが私達夫婦の出逢いである。

それからずっと、私は酢の香りの中で暮らしてきた。毎朝、二升の飯を炊き、合わせ酢をかけて寿司飯（シャリ）をこしらえる。

熱い飯にかけた酢は白い湯気になって私の体にしみこむ。このときが私のいちばん好きな瞬間である。

この夏、二週間ほど酢の香りから離れて暮らした。夫が出前の配達中、トラックにあて逃げされ、二週間入院したのだ。夫がいなくては店はあけられない。夫のいない店も家の中も、太陽を失ったように暗く冷え冷えしていた。

ようやく元気になった夫が帰ってきた日、私は張り切ってシャリを炊いた。炊きたての飯を飯切りにあけ、合わせ酢をかけると懐しい酢の香りがした。その香りをかいだら、ふいに涙があふれてきた。夫が元気になってよかった……。そう思いながら、シャリをうちわであおいでいると、夫がきて

「どうしたんだ」と、私の顔をのぞきこんだ。

「なんでもないの。久しぶりにシャリをこしらえたら、お酢が眼にしみちゃって」

私はそう言ってエプロンで眼をぬぐった。

泣き笑いのように見えたのだろう。夫は何も言わずに行ってしまった。私は体中に酢の香りがしみこむのを幸せな気分で感じていた。

暗香

木村 史朗
66歳　無職　京都府

六十六歳になる私は、もう耄碌《もうろく》し始めたのだろうか。十月も半ばの日暮れどき、二歳半の孫真人《まさと》の爪を切るつもりが、過《あやま》って右手小指の肉を切ってしまったのだ。

ちっちゃな指に噴き出る血を見たとたん、

「失敗《しも》たっ！」

と叫んだが、かあっと頭に血が登って声が掠れている。

震えおののく手でどうにか止血の繃帯は縛り付けたが、神経も心も上擦ったままだった。胸に抱き上げた真人の体重を感じるゆとりもなかったのに、医者に走る夕闇の道に躓《つまず》いて足がもつれた。

治療を終えての帰り道、日はもうとっぷりと暮れて、少し落着いたせいか、抱く両腕に今の真人はずっしりと重い。

長くて深い傷口だったから、治癒するまでにはかなりの日数がかかるだろう。勤めに出ている息子と、二男の出産後を実家で養生している嫁とに告げるのが、なんとも辛い。

「痛いか、真人？」

帰り着いた生け垣の前で、私は尋ねた。

「いたくない」

舌足らずに応《こた》えた真人が、私の胸にしがみつく。本当は痛いはずなのに、幼いままにも私の老いを思いやって、じっと堪《こら》えているのだろうか。それが不愍《ふびん》でいじらしい。

そんな真人を抱きしめた私は、門の前で深い息を吸った。匂う……。昼間は気付かなかった金木犀《きんもくせい》の芳香だ。視覚と聴覚を消した夜のしじまの中で、その香りが真人の指の傷と、私の心の痛みを癒やすように優しい。

「暗香……」

呟いた私は、そのとき、深い香りに溶け入るような、淡い安らぎを覚えていた。

柚子味噌

佐藤 節子
56歳 主婦 徳島県

わが家の夕食は、決まって五時十分だ。余程の大事件でも起きない限り、夕食時間は「家訓」のごとく守られている。「そんなに早い夕食じゃ、夜中にお腹が空いて眠れないでしょ」と友人達から不思議がられるのだが、馴れてしまえば何てことはない。いや、かえって胃の中が空っぽの方が、安眠につながることは、我が家で実証済みなのだ。夕食の仕度は従って四時に始まり、主婦として最も充実した厨房独占権を堪能すること約一時間、食卓にバラエティ豊かな田舎料理が並ぶ頃、夫が会社から戻ってくる。「おーい、換気扇まわってるのか。今夜のおかずのにおいが家中にこもってるぞう」帰宅した夫の口癖はいつもこうで、日替わり料理の達人である妻の腕前を褒める事よりも「ただいま」よりも先に家中にこもる料理の香りを気にするのだ。だが、田舎の一戸建てで、誰に気兼ねをしろと言うのだろう。豊かな食卓の香りこそが、家庭円満のシンボルではないのだろうか。旬の食材のかもし出す季節の香りに酩酊していたい私は、だから、ニンニク料理や焼き魚以外滅多な事では換気扇を廻さない。そんな私を「鈍感な女だ」と夫は苦々しげに言い、私は私で彼の事を「風情のない人ね」と譲らない。

だが、そんな夫も、柚子味噌作りの季節だけは別人だ。昨日も昨日で「柚子の皮おろしは俺に任せろ」とばかり厨房に跋扈《ばっこ》し、まるで〝おなご〟を抱くような優しい手つきで柚子の皮おろしを手伝ったまではいいのだが、味噌を煮る私に向けて「おーい、こんな時に換気扇をまわすヤツがあるかっ。静かな心で香を焚きしめた古人の情緒を少しは見習ったらどうなんだよ」と殺気立って叫んだのである。夫の見幕に圧倒されて換気扇を止めたその瞬間である。厨房の私と夫は、ゆくりなくも贅沢で濃密な季節の香りに心地良く抱かれ、やがて幸せな香りの空間に深く静かに沈みこんでいったのである。

風が運ぶもの

辰田 純朗
52歳　書家　大阪府

　老いて光を失った母は、白い杖を友に、風が運ぶ香りや匂いを道しるべにして散歩に出た。盲が家で塞いでいると家中が暗くなるからね。と家族に気をつかい、俄盲の辛さも持ち前の明るさで元気な自分を作って見せた。

　人に手を借りるのが大嫌いな母は、店々から吐き出される香りや匂いで地図を作り、いつも同じ道順で歩いた。終戦のどさくさの中で、六人もの子供を育て、その苦労や疲労から、ある日突然に真暗闇の生活へ突き落とされた母は、自分で生きる術を考え、家族の足手纏いにならぬよう、散歩も買物も独りですませた。藺草の匂いで畳屋の角を右に曲り、花の香りで花屋を知り左に折れた。パン屋の前に来ると、一息大きく吸い込み、パンの香ばしい匂いで公園の前であることを覚え、一度も間違えることなく、町内を一周りして還って来た。

　しかし、雨の降る日はじっと家に籠り、雨の上がるのを待ち、風の吹くのを待った。

　散歩に出た母の後ろを追って歩いたことがあった。白い杖で地面を叩き、時々足を止め、香りや匂いをたしかめた。すこし歩いたとき、何かを嗅ぐ動作をして、首を傾げ、その場から一歩も進もうとはしなかった。私がつけていることを知ると機嫌が悪くなるのを知っている私は、偶然のように装い「母さん散歩に出ているのー」と声を掛けてみた。〝助かった〟という風な顔を一瞬したが、平静を作り、「コーヒーのいい香りがするね。このお店、いつ出来たの?」とぶつぶつ言いながら、地図にしるしを入れているようだった。

朝起きると一番に風があるかないかをたしかめた。風のあることを知るといそいそと散歩に出た。先日、小石に躓き、転んでいる姿を見て、急激な足の弱りを知ってから、母に悟られないように後ろを歩いた。

今日も白い杖の後ろを母は歩く。風は母の友であり、香りや匂いは母の道しるべである。

ブライアン

益田 幸亮
47歳 会社員 東京都

玄関のインターホンがなった。デパート勤めの私にとって、平日の休みはひとりだけの寝溜の時間、しかたなくパジャマのままドアーをあけた。「益田さん、ブライアンよ」眩しさで乳児を抱いて立っているのがメルサーだとはわからなかった。ブライアンはとても小さく、おくるみだけが目立った。褐色の膚で、そのまるい瞳には乳児の無垢な輝きはなく、ただ虚ろに上を向いていた。どこから漂うのか、彼をすっぽり包み込んでいるようなシナモンの甘い香りだけが、妙に印象に残った。

菜の花の咲乱れる頃、隣の古い二軒長屋のひとつに若い男女が引越してきた。玄関にいた妻と私に笑顔で近づきフィリピン人で、男性の名がトーニン、女性がメルサー、結婚はしていないが八月に出産すること、彼女は勤めていた所沢のスナックをやめてきた等々、片言の日本語で話した。そして、これからの為に近所への挨拶回りの案内をして欲しいという頼みであった。妻はその夜、隣組の数軒へ紹介して歩いた。その後、二人は何かある度に我家を訪ねるようになった。

やはり寝溜の休日であった。「益田さん、益田さん」との叫び声でドアーを開けるとメルサーが左手にバッグ、右手で下腹を押え苦しんでおり、タクシーで産院へ送ったその夜男児出産の連絡があった。ブライアンが来たのはその二週間後で、その夜メルサーがお礼にと持参したスパゲティーのシナモンの香りがブライアンの謎を説いてくれた。

メルサーが最後に来たのは、十月末の夕刻であった。留守番の八歳の娘に「トーニンがポリスに逮捕され国に送られる。私とブライアン、もう居れない。さようなら」という伝言を残して……。その夜はパトカーが遅くまで止まっていた。トーニンは病気のブライアンのため三ヶ月遅れの出生届を提出に行き、不法滞在で拘束されたのだった。

インク

宮本 茂昭
66歳 無職 山口県

ふしぎなともだちが
ぼくにはいる
その少年はぼくに似ているが同じではない

少年はペン軸にGペンをさしこみ
ライトインキの壺にひたす
壺の口もとでていねいにペンのインクを切る
匂いがぼくの鼻を気持ちよくくすぐる

少年の左の胸のポケットで
万年筆がピッピッと光る
中学入学記念にもらったぼくの万年筆によく似ている

少年はゴム帽子をかぶったスポイトを
アテナインキの壺にていねいに入れる
おもむろにひきあげる
初めの一滴から最後の一滴までていねいに
万年筆の軸に補給する
無臭のようで奥ゆかしい匂いがただよう
ぼくはそり身になって言う
今日もインクが切れるほど勉強したんだ
そんなに　ことさらに言わなくったって
いいじゃないか
そう言ってぼくの顔を少年は眺める

軸の中ほどに小さな梃子のある万年筆である
少年はチャンピオンインキの壺にさし込む
梃子をあげる
梃子をおろす
チャンピオンインキはいちばん安い

匂いも甘くてけっこうきつい
色もうわついていて青すぎる
でも少年は新しい勉強の興奮に駆られる

ぼくである少年のお前は
いまもって十三歳
六十六歳になったぼくは
五十三年の昔の
少年の眼差しの青さの橋を渡って春めく

猫の香

滝沢 真樹
25歳　会社員　東京都

一ぴきの猫がいる。朝な夕なに、つまり夜遊びの行きと帰りに我が家の台所に顔出しをする、近所の飼猫らしい。中々の美猫である。

とてもシャレた首輪をしている。時折り着換えてくる。ビーズ細工であったり、草木染めであったり。けれど、いつも変わらないのはその首輪に電話番号がししゅうしてあることである。

噂によれば、あまりの人なつこさ故、しばしば他人の家に長逗留を決め込むことがあり、飼主が心配とシットのあまりに策してある労だとか。私はこの猫を電話番号と名づけて、毎日の顔見せを楽しみにしている。

プレイボーイの愛人を持つ気持ちとはこんな風なのだろうか。本妻がいるのは知っているし、他にも女がいることも承知の上。それでもなお心待ちにしてしまう。本妻にはかなわないまでも、他の愛人連中とは差をつけようと、いきおい、来る度にあげるおやつもグレードアップしている。煮干からかまぼこ。はては、最近ではおさしみである。

たまに煮干に逆もどりするとソッポを向く。「猫の分際で何て冥利の悪いことするんだ」と口では悪態をつきつつ、内心はオロオロともっといいおやつをさがす。

時折り、首輪に香をたきしめてくる。

マタタビじゃあるまいし、鼻がバカにならないのかしら。

美しい首輪をしてくる度に、よい香りをさせてくる度に、向こう側の本妻、いや飼主の存在を示威されているようで、つまり私としては不合理ながらも少々おもしろくないのだ。

だが、美しい日本猫に美々しい香のとりあわせは、まことにあやしくなまめかしい。

生ぐささを好む一方でのこのあやしさに、最近私はますます魅せられている。

足音も気配もない彼の訪いは、香りが唯一の先ぶれである。

さながら平安の夜の恋へのいざないのごとく、今夜もあの香りを待つのである。

畑の中のコスモス

渡辺 武任

秋のある日のことでした。私は畑を耕していました。年だねえ、こんな小さな畑なんて腰も伸ばさず耕せたのに、すぐ疲れが。私は土手に横になり一息入れていました。土のにおいに秋草のにおい。そして、青空に陽のぬくもり。私はいつしかまどろんでいました。突然子供達の声が。下校の子供らが私の畑のそばで言い合っているのです。ちなみに私の畑は通学路のすぐそばにあるのです。私は横になりながら聞くとはなしに聞いていました

「私は大丈夫と思うよ。ねえ、ミヨチャン」。「そうよ。そうよ」。「いや、あれはごりんじゅうだよん」。「そうだ。そうだ」。と、女の子らと、男の子達が、変なことを言い争っているのでした。ハテ、ハテ、私は不思議に思いながら聞いていました。

「よーし三対二だよな。ボク達の勝さ。あれは誰が見たって邪魔だもんな」。「ちがうわよね。あんなにきれいに咲いてるんだもの、そんな可哀想なこと、あのおじいちゃん絶対しないわ。ねえ」。語気を強め、眦《まなじり》を決し男の子達に反論しながら女の子らは駆けて行きました。ははあ。そうか。そうだったのか。私はやっとわかったのでした。

それは今、私が耕している畑の中の一本のコスモスのことなのです。どこから来て根づいたのか、花の好きな私はそのままにしておいたのです。それが秋になってきれいに咲いたのです。白いコスモスです。子供らはこのコスモスの運命を言い合っていたのです。そうです。引き抜かれるか。いや、そのままなのかをです。

私は、「そんな可哀想なことを」と、泣きべそをかきながら抗弁したあの女の子達の心根がとてもうれしく感ぜられ、コスモスの根元に新しい土を寄せ、そしてまわりを大きく残したのでした。耕しつくされた黒々とした畑に白く乱れるコスモスの花が、鮮やかな彩りを見せて秋風にゆらいでいました。明日、あの子らはどんな顔をしてこのコスモスを見るだろうかと思うと、ひとりでに笑いがこみあげてきたのでした。

（72歳　農業　宮城県）

桜ぷくぷく

久田 治子

「『花より団子』いぅ言葉があるやろ。みんな今日は、お花見もええけど団子を一杯食べて帰ってらっしゃい」

岐阜県立盲学校の東海校長先生は、こう言って生徒たちを根尾の薄墨桜見物に送り出した。教師の間には、この花見を危惧する声があった。校長先生にも不安がないわけではない。生徒たちの動揺もあった。創立百周年を迎える盲学校の、開闢以来初のお花見である。

翌朝、校長先生の周りに生徒たちが集まってきた。校長先生が気がかりにしていた生徒からの花見の報告だ。それぞれの生徒が桜の花びらに触れ、老大木の太い幹を両掌で確かめてきたという。健太が自慢気にこう言った。

「校長先生、俺、聴診器持ってたんや。桜の木に当てて生きとる音を聞いたんやで」

「ほう生きとる音。どんな音やった」

「ぷくぷくぷくぷくいう音や。陽が当たっとる方が大きい音で、反対側が小さい音。小さい音の方は、まだ蕾が多いって、先生が言うとったよ」

「ほうか。音が違うとるか。学校の桜の木もぷくぷく音がしとるんかいな」

「しとるに決まっとるが、生きとるやもん。ほんでも学校の桜の方が薄墨桜よりもぷくぷくの音は大きいんやで、先生」

「へえ、何でや。薄墨桜の方が学校の桜より何倍も大きて幹やって太いのになぁ」

「大きても薄墨桜は年寄りの木や。学校のは若いもんで元気なんや。人間と同じや」

健太たちの感動が一つの作品になった。桜の花びらに見立てた小さな貝殻をベニヤ板一面に貼り付けた作品だ。一人の若い教師の発案で、校長先生は苦心して貝殻を集めた。作品完成までには長い時間がかかったが、健太が聞いた生命の音ぷくぷくは、ベニヤ板一杯の満開の貝殻の花で現わされたのだ。

今日も、生徒たちには校長先生の居所がすぐにわかる。桜の幹に似た校長先生の香りがいつもみなの近くにあるからだ。

（37歳　主婦　愛知県）

自分の文体で八百字の香りを表現するためには

藤本義一審査委員長は、作家として活動する一方で、後進の育成にも尽力しました。この回の作品集『かおり風景』では「文体の中に自分がいる」と題して、文体の作り方について自らの文章修業の経験を披露。「独自の方法で文体を作り出すところに、文章を書く妙味がある」と述べています。創設十年を経た「香・大賞」は、文章を書きたいと思う人の裾野を広げていました。

そんなか、阪神大震災の起こった一九九五年に、自らも被災しながら書き上げた小説「メソッド」で作家デビューを果たした金真須美さんは、第四回の審査員特別賞の受賞者でした（受賞時は原真須美さん）。作品集『かおり風景』に「香・大賞」に挑んだときの思いを綴ったエッセイ「八百字のカンヴァス」を寄稿。受賞作で油絵教室でのことを書いた金氏は「香りエッセイ」八百字の難しさを「米粒に描かれた絵」に見立て、それでも「この賞は細密画の芸を競うようなものではなかった」と書いています。「香・大賞」は、特異にして広がりのあるエッセイコンテストとして認識されつつありました。

1995

第11回［香・大賞］入賞作品

一九九五年募集・一九九六年発表

生還

ジョンソン 英子
33歳 会社役員 東京都

出兵の朝、戦艦の甲板上では兵士と家族のためにグッバイ・パーティが催された。「私が足を叩き折ってあげる。あと五ヶ月で退役なのに……。初めての妊娠で不安なのに」。「まだ心配してるのか？ 必ず元気で戻ってくるよ」。「見てごらん。ここにいる全員が家族の元に還ってこなくてはいけないんだ。……お腹の赤ちゃんに毎日〝愛してる〟と言ってくれ」。たった三十分のパーティのあと、泣き叫ぶ大勢の家族を日本に残し、第七艦隊は湾岸の戦場へと船出した。

雑誌などで湾岸戦争の悲惨な写真を見かける度、「私一人でお産ができるかしら？」などと、ひどく落ち込んだ。そんなときは、彼の愛用のコロン（オブセッション）の蓋を開けて、部屋中に香りを充満させ「大丈夫、きっと元気に帰ってくる。大丈夫」と自分に言い聞かせた。

その頃、会社の同僚の恋人が関西に転勤になり、彼女はとても落ち込んでいた。戦死者情報を恐る恐る見ては「ああ、載っていない。彼はまだ生きている！」と大きくなったお腹を撫でながら彼女を羨ましく思った。

退役予定日になっても連絡がないので半ばあきらめていると、会社にアメリカの義父から電話があり、退役完了の連絡があった事、日本には十時間後に着くであろう事、負傷の有無は確認できていないので、どのような状態であろうと彼を暖かく迎えて欲しい事を告げられた。仕事中だというのに涙が溢れて止まらなかった。彼がどんな姿で還ってくるのか十時間かけて想像してみた。だが、そのどれもが〝生還〟の前では無意味だった。

出迎えの車を降りたとき、ふいに後方からオブセッションが香った。一瞬の間に、楽しかった日々、悲しかった日々が走馬灯のようによぎった。覚悟をして振り返ると、そこには少し精悍になった無傷の彼がいた。

がれきの華

吉川ひろこ
39歳　主婦　神奈川県

がれきの底からなつかしい香りがたちのぼった。

「おばあちゃんだ」

母と私は同時に叫んだ。

昨年一月のことである。我が家は阪神大震災で全壊した。私と母は半ば茫然としながら家財を掘りおこしていた。そこに亡き祖母愛用の香水の香りがただよってきたのである。

私たちは香りの脈をたよって傾いた家の中にはいっていった。窓がおしつぶされてしまった家の中は暗く、ガラスのかけらや食器の破片が散乱していた。私と母は注意深くそれらをとりのぞきながら、香りの源に近づいていった。倒れたサイドボードをもちあげた瞬間、香りはひときわ濃くあざやかになった。

「あった、あった」

懐中電灯の光の輪の中に粉々に割れた濃いブルーの香水瓶が浮かびあがった。そのそばに位牌と仏像、そして祖母の遺影があった。揺れの衝撃ではじきとばされ、その上に家具が転倒してきたのだろう。

位牌にも仏像にも春の花束のようなやさしい香りが染みついていた。

祖母の香水はシャネルやロシャスといったブランド物ではなく、フランスの小さなメーカーが細々とつくっていたものらしい。祖母は「製造中止になるときいて買い占めたんだよ」と笑っていたが、つかいきることなくあの世にいき、残った香水瓶たちは他の遺品とともに仏壇の下のひきだしにしまいこまれていたのであった。

「おばあちゃんがしらせたんだよ。ここにいます。助けてくれって」母が言った。いつもは霊だの奇跡だのといった因縁話が大嫌いな私もこのときばかりは素直にうなずくことができた。

一月《ひとつき》後、我が家はとり壊されることになった。その前日私たち一家は家の葬式をおこなった。築七十年以上もたつ古い家である。私はここでうまれて育ち祖母は生命を終えたのだ。私たちは花を供え香をたき合掌し、最後に一瓶だけ無事残っていた祖母の香水をふりまいた。

「ええ匂いやな。なんの花やろ。梅にはまだ早いしな」

わたしたちの後ろで太い声がした。ふりむくと作業服姿のおじさんがふたり鼻をひくひくさせていた。

「あほ。こんながれきの山に花が咲くかいな。木も草もあらへん」

「そやな。冬やし、さぶいし、ほんまに春くるんかいな」

ぶつぶついいながら二人は通りすぎていった。

翌日、ブルドーザーの破壊音とともに我が家は消え去り、さら地となった。一年がたとうとしている今もさら地のままである。その前を通る度に、おばあちゃんの香りがただよっているような気がする。

宝石売場にて

表口 和巳
57歳 主婦 千葉県

夫の定年退職の記念に、おまえも御苦労さまだったということで、指輪をプレゼントしてもらうことになった。

商品の受け渡しの日、デパートの宝石売場に出向いた時のことである。ウインドーの内側に設けられた、小さなサロンの椅子に、夫と向き合ってかけていた。やがて、若い男性の店員が、お待たせしましたと、にこやかな笑みを浮かべて、おもむろに箱から、南洋パールの指輪を取り出してくれた。その深い輝きが、私のものになろうとしていた。でも、こんな荒れた手には似合わないかナなんて思い乍《なが》らはめてみると、店員は、さっと手鏡を持って、私の傍に立つ。いつも気軽に台所に立つので、日頃ハンドクリームは使いたくない私だった。冬の間荒れっぱなしでも、一向に気にならないのだ。鏡の中の手は、あまりかっこうよくはない。どうもサロンの雰囲気からひびの切れた手だけが浮き上がっている。

その時、ぷーんと、ある匂いがするのに気づいた。あっオロナインの匂いだ！ どうしたのだろう。ふと私は、出掛ける前に、薄くオロナインを手につけたことを思い出した。あまりに荒れていたので、ついうっかりつけてしまったのだった。家では匂わなかったのに、事ここに至って悪びれることもなく、堂々とその存在を示している。しまった！　顔から火が出る思いだ。夫は気づいていない様だ。店員は、さっきから全く同じ表情でほほえみ続けている。気づかないわけがないのに。

その内私は、南洋パールの美しさよりも、自らの荒れた手をいとうオロナインの匂いに感動してしまっていたのである。もはや恥しさは消えていた。今までがんばってきた。未熟乍ら、いろんなことを乗り越えてきた……。ふと前を見ると、企業戦士の、疲れはてた顔が、クローズアップされた。このオロナインの勲章は、あなたにこそ贈りたい。そう思った時、私の感動は、二倍にふくれ上がっていった。

春の贈りもの

和地恵美
34歳　主婦　東京都

私は、三歳になる息子に、ハラをたてていた。

ぐずる下の子が、小一時間かかってようやく眠りに入ろうとした矢先に、彼が部屋にとびこんできたのである。「ママ!」と叫ぶ声に、赤ン坊は再び目を覚まし、泣き出した。

家庭と仕事は切り離すべきものであることは、充分にわかっているのだが、残業できない身にとって、休日は稼ぎ時である。今日も赤ン坊を昼寝させたら、すぐにでも仕事にかかろうと考えていた。

私は、この一時間と、これからかかる時間とを、息子に奪われた気がした。

「むこうへ行きなさい。ママが、今、何をしてるのか、わからないのっっ」。

息子は、はいと小さく答えると、部屋を出ていった。

しばらくして、赤ン坊が眠りにつき、やれやれと部屋を出た。

息子は隣りの部屋にいた。自分で座布団を並べ、その上で丸くなって眠っていた。ひとすじ、ほほに涙のあとがあった。

そして手には、満開の桃の一枝。

この子は、私にこれをもってきたのだ。土手で見つけた美しいものをにぎりしめ、胸はずませて。母親を喜ばせたい一心で。

この、おろかな母親のために。

私は毛布をとってくると、息子のそばに座布団を並べ、横になった。枕元から、清々しく桃が香った。切なく胸に染みた。

外はおだやかな春。この子がおきたら、外へ出よう。手をつないで、桃の花を見に行くのだ。豊かな桃の香りが、息子の傷を少しでも癒してくれますようにと願った。

インデアン・サマー

島田 二郎
51歳 自営業 東京都

娘が嫁いでから、家の中がばかにひっそりしてしまった。妻も同じらしく、ひとりでいるとまるでお通夜のようよと言う。小春日和の日曜、その妻が美容室にでかけわたしが留守番になった。気持ちが落ち着かず、縁側に座椅子を運んで朝刊をひろげ、拾い読みしているうちに家庭欄の小さな囲み記事が目に止まる。『陰暦十月頃の小春日和をアメリカやカナダではインデアン・サマーと呼ぶ……』

ああ、と思わず天を見上げた。「インデアン・サマー」……十五年前に睡眠薬自殺をはかった死に際の眠りの中で母が漏らした言葉である。あんまり呪文めいた響きだったのでその意味を知るのが怖く、ずっと魚の骨のように喉につかえたままになっていた。その骨がぽろりととれたのだ。母はあの眠りの中で穏やかな小春日和の景色を見ていたのだと、ほっと胸を撫ぜおろしていると、「ただいま」と玄関で母の声。まさか、と思いつつ玄関に出て息をのんだ。上がり框に母の藍染めの手提げが置いてある。仄かにただよう白檀と丁子のまざった香りも、一生を着物で通した母が箪笥にひそませていた衣被香《えびこう》の、母の着物に染み付き、母そのものになった香りだ。救急車の担架に乗せるとき、母の着物の裾からこぼれ落ちたその香袋の記憶とともに、わたしには忘れ難い母の形見であった。そこへ娘が入ってきた。新婚旅行の土産を隣家へ届けにいっていたのだと言う。

「この手提げ袋おまえのか？」

「ええ、お祖母ちゃまの形見。それからこの着物も。お父さん、懐かしいでしょうこの匂い」

「結婚前はあんなにいやがってたくせに、どうした風の吹きまわしだい」

「さあ」と言って娘は縁側に行き、「いい天気ねえ」と深呼吸をした。「インデアン・サマー」とわたしは呟きつつ、縁側に立つ娘の姿に母を重ねていた。赤い山茶花《さざんか》の枝の間に真っ青な空が覗いていた。

海のカウンセリング

福与 みちよ
46歳　主婦　神奈川県

「もう、学校に行きたくない！」

ある朝、泣きながら娘は訴えて来た。突然の事だった。今まで内に秘めていた胸のつかえを吐き出して、床に座り込んでいる娘と、茫然と立ち尽す母親の私との間に、ＴＶのＣＭはいつもの明るさのまま流れていった。

〝友達がいない、話しかけても無視される〟娘の不登校の理由に、父親は「そんな甘えた気持ちじゃ、これからの人生を乗り切れないぞ」と言った。もっともらしい言葉であった。けれども、多感な中学生の娘が学校で話しかける友もなく、一人で居る姿を想像すると、それでも学校へ——という気持ちは、私の中から薄れていった。

その日から、娘の部屋のカーテンは閉ざされたままとなった。昼頃まで布団の中で寝入り、午後からは漫画やＴＶに浸っているのが日課となった。私は、娘の気持ちの中へ立ち入れない自分の弱さを思い知らされた。

そんな娘がある日「おかあさん、海へ行ってみたい」。

「海？　どこの」。

「沖縄」。娘は躊躇わずに言った。

海と聞いて、どうせ近場の海の事だろうと軽く考えていた私は、沖縄と言われてしばし、返事が出来なかった。高い旅費、遠い距離……。けれども、これが娘の気持ちを変える、一つの突破口になってくれるのではと期待感を持った。反対する主人を押し切る形で、夏休みのある日、娘と私と甥の三人は、沖縄へと旅立った。やがて、幾重にも色ガラスを重ね合わせた様なエメラルドグリーンの海に私たちは迎えられた。初めての訪問のはずなのに、不思議と海の姿は郷愁を誘う。私たちは、砂浜に降り立って、静かな時の流れを感じてみる。娘は口を真一文字に結んで、遥か彼方の水平線を見やっていた。やがて、娘の指先が潮の香りに染まり始めた。その香りの中で彼女の細い足は、白い砂の上にしっかりと踏み止どまっていた。

さあどうする さあどうなる

渡邊 武任
73歳 農業 宮城県

嫁早《ひで》りの世の中。嫁っこなんて、とてもじゃないが、とてもじゃないと諦めていたら、なんと、なんと息子にお友達ができた。

俺もおっかあも息子以上に舞い上り、おっかあの案でそう二、三度家に訪ねてきているので大体の気心はわかってるつもりだが、なお本願成就の布石として、皆んなで街へ飯を食いに行くことにした。親密さを念頭に置いて、注文は彼女に任せたら、彼女も家計学の片鱗を見せたかったのだろうか、一番安そうなカレー料理を注文したのだ。ところが、おっかあはカレーという名を聞いただけでもジン麻疹が出るほどのカレー嫌いなのだ。さあ。どうする。さあ。どうなる。カレー独特の香いが漂わす不吉な予感。俺と息子はひやひやしながら見守っていたら、なんと、おっかあが彼女に愛嬌をふりまきながら「おいしいねえ」だって。それが口ばかりでなく、さもうまそうにだ。俺はホッとしながらおっかあの胸中に思いを馳せていた。それは、彼女の出現はおっかあにとって、さながら旱天《かんてん》の慈雨のように受け取れてるのかもしれないのだ。いや、確かにそうなんだ。この変貌と言おうか、豹変と言おうかまるで最高の嗜好料理に出会ったような名演ぶりは。

安価な食事だったが、この食卓が醸した和の価値は至高のものだった。その団欒と、カレーの香の余韻に浸りながら俺はしみじみと思ってたっけ。もし彼女が家族になったらおっかあも少しぐらい意に合わないことがあっても今日のように彼女とうまくやっていってほしいものだなあ、と。

ナム・プラーの香り

神里克雄
50歳　会社員　神奈川県

一九九二年、三月のある日曜日のことだった。魚の腐ったような臭いが鼻につき、寝呆けた頭で『何なんだろう?』と思いながら、惰眠を貪《むさぼ》ろうとした。しかし、その臭いは、やがて部屋に充満し、とても寝ていられなくなって、はね起きた。

「何なんだ、これは?」

跳び起きざま発した私の声に、彼女はおびえたような眼で私をみつめた。私の眉間には深いシワが浮かび、不快の表情が在り在りと浮かんでいたに違いない。

彼女は小さな声で何か言った。しかし……。手には目玉焼きを作るヘラを持ち、皿の上には、まるで黄金のような眼を持った美事な目玉焼きが出来上がっていた。

私は彼女の悲しそうな、おびえた眼を正視する事ができず、眼をそらして「アー、朝メシを作ってくれてたのか」と一人ごちた。

それが私の「ナム・プラー」との出会いだった。「ナム・プラー」とは、タイの正油のことで、「ナム」は水、「プラー」は魚、いわゆる魚油の事だ。日本でも東北地方に「ショッツル」という名で使われているそうだ。

建築現場を転々として渡り歩いていた私にとって、女性と一緒に暮らすなど、夢のまた夢の話だったが、現場で知り合ったフィリピン人と仲良くなった事で、タイの女性を引き取る羽目になった。長野の小諸という所で、彼女を助け出し、小さなアパートで暮らし始めた矢先のことだった。

あれからすでに四年が過ぎようとしている。フィリピン人たちはとうに帰国し、彼等の日本での妻だったタイの女性たちも別れ別れになって、今はどこでどうしているのか解らない。私と約三年間一緒に暮らした「カティ」も、ある日、フッとかき消すようにいなくなって、何の音沙汰もない。ただ残っているのは『生きる臭い』にまで浸みこんでしまった「ナム・プラーの香り」だけだ。

元さん

廣田 和子

二十年間親しくしていた元さんが突然、心筋梗塞で逝った。此の村に越して間もなくの頃、裏の畑を耕していた元さんから、細々と村の仕来りを聞かされたものだった。それ以来畑でとれた野菜を持って時々わたしの家に遊びに来るようになった。ある日、畑から引き抜いたばかりの葱をわし摑みにした元さんが勝手口から日焼した顔をのぞかせた。

「うまい言わはったから又持って来たちゃ」

「今夜は焼き葱でお銚子をもう一本とねだられそうよ」と言うと「そりゃおらの葱は畑の土がええからの」

自慢気な笑顔を向けて言った。元さんの葱は太くて短いが香りが強く、焼き葱にすると狭いわが家は葱と味噌の焦げた匂いで一杯になる。夫が玄関から、元さんの匂いがするぞと言って入って来る。元さんに言わせると野菜の香りや味は土の良し悪しで決まると言う。長年米や野菜をつくって来た人だから言い切れるのだろう。その元さんが突然「おら米作りやめたあなった」投げ出すように言った。

市が雇用促進住宅地を元さんの田を中心に買収に乗り出したが、元さん一人が反対して進まないと言う噂は村中に広まっていた。

「あんたどう思わはるけ、百姓が田を売ったら終りや、そやけど米余るから減反しろ、又作れ、政府も何を考えとるのか猫の目みたいによう変るこっちゃ。水田に戻すにゃどれだけ苦労するか何もわかっとらん。これでちゃ誰も彼も田を売りたがるがも無理ないわい」

肩を落して呟くように言った。誰に向けようのない腹立たしさを口にして、心を決めたのか暫くして元さんの田に杭が打たれた。誰が蒔いたのか、今買いあげられた田一面にコスモスの花が秋風にゆれている。その向こうを元さんを乗せた霊柩車がゆっくりと農道を行く。十一月に施行される新食糧法のスタートを待たずに元さんは逝ってしまった。わたしは、村のはずれに立って霊柩車が見えなくなるまで見送った。

（65歳　主婦　富山県）

我が皮ジャンのにおい

井上 淳

ひょんなことから、僕は父に皮ジャンを買ってもらうことになった。

皮ジャンとは、中学生から高校生にかけた若い年代の憧れのジャンパー。それを今、僕は中学三年生にしてこの手中に収めようとしている。

実を言うと、父が皮ジャンを買ってくれるといった時、僕の体にすばらしい期待への戦慄が走った。皮ジャンを着て冷たい風の中をさっそうと歩く僕の姿が浮かんでいた。

皮ジャンの売場は、なんという威圧感だろう。思わず後ずさりしてしまいそうなくらいだ。売場には大きな値札が所々にあった。三万円から何十万円というものまであり、ゼロの数を数えると中学生の僕には触るのもおそろしいくらいだ。

父は三万円台の光り輝く皮ジャンを僕に試着するように言った。手にとるとずしりと重かった。四キロのバーベルをたやすく持つこの手が皮ジャン一枚に震えている。腕を通して肩にかけてみた。これは正にナイスなフィット感だ。そして、このにおい。なんという大物のにおいだろうか。僕のような中学生には理解できないこの皮のにおい。正にこれが大人のにおいなのだろう。

父は僕にぴったりあったサイズのジャンパーを買ってくれた。ジャンパーの王道をきわめた皮ジャンをだ。僕は腕を通した時のあのにおいを一生忘れないだろう。

僕は皮ジャンを持っている。

（15歳　学生　京都府）

「心の時代」といわれる世紀末と「香りエッセイ」を書くこと

後に「失われた二十年」と呼ばれた時代のさなかにあった一九九六年には、二十一世紀の必須アイテムとなるインターネットや携帯電話が生活のまわりに登場するようになります。テレビは多チャンネル化し、メディア環境が大きく変わり始めていました。

一方で、いよいよ色濃くなる世紀末の気配に、映画や出版物などでスピリチュアルなものを求める傾向も。

畑正高実行委員長は、作品集『かおり風景』で八十年代にトレンド現象として注目された「香り」が、千年も前から人間にとって本質的な情報を伝達するメディアであったことへの理解を促しています。「心の時代」といわれる今こそ五感教育の復活が大切である、と。

審査会では、応募作品の質の高さに驚く一方「香りを意識するあまり、話を作り上げてしまうのはエッセイにとって癒しがたい傷を残す」という危惧《きぐ》も示されました。むしろ「考えすぎずさらりと、心に感じたものを写し取って、小さな生け花に仕立て上げるような気持ちで取り組んでいただきたい」とは、藤本義一審査委員長からのアドバイスでした。

1996

第12回［香・大賞］入賞作品

一九九六年募集・一九九七年発表

12

べっぴんさん

村野京子
38歳　会社員　山口県

「なんで！　なんで！」

私は、母に詰め寄り、手元の座席表をくしゃくしゃにした。私の結婚式の出席者名簿から、祖母の名が外されていた。

「式や披露宴は、ばあちゃんには無理なんよ。京子だってわかるでしょう」

母は悲しそうに目を伏せた。

祖母は痴呆症である。私は黙ってうなずくと、唇を噛んだ。

五月三日。その日は、海峡をわたる風もさわやかで、穏やかな日和だった。私は仲人さんに手をひかれ、赤間神宮の石段をゆっくり登って行った。ふと、仲人さんの足が止まった。私が目をあげると、青空を背に祖母が立っている。

背筋をピンと伸ばし、黒い紋付きの羽織を着せてもらい、叔母に付き添われて、石段の上で私を待っていたのだった。

私は胸がいっぱいになり、深くしわの刻まれた祖母の手をとった。

「ばあちゃん、京子さんだよ。京子さんの花嫁姿だよ」

叔母がささやくと

「べっぴんさんじゃねえ」

と私を見つめて微笑んだ。

たまらなくなった私が、祖母の細い体を抱きしめると、かすかにナフタリンの匂いがした。黒い羽織は、祖母が長い間、大切にタンスにしまっておいたものだった。

「あんた達が大きくなって花嫁さんになったら、ばあちゃんはこれを羽織って行くからね。それまでは長生きせんといけんねぇ」

目を細めて笑った、あの時の祖母のやさしい顔が蘇る。潮風が、祖母の透きとおった白髪の中を、ふわりと通り過ぎていった。

「きれいな着物を着せてもらって良かったねえ。ばあちゃんもべっぴんさんだよ」

私がそう言うと、祖母は無邪気に両手をひろげてみせた。そして、少し照れながら、嬉しそうに笑った。

墓前の薔薇

池田 美喜恵
62歳 無職 京都府

知人が墓を建て、納骨式に参列した。北摂の丘陵の一角に造成した霊園にある。車で三、四〇分も登るので見晴らしがよい。万博会場跡の太陽の塔の向こうに街並が広がり、そのずっと先に大阪湾が秋の光を鈍く反射している。広々とした芝生に囲まれた管理事務所や休憩所の周りの花壇にはとりどりの花が溢れ、紅葉した木々から多彩な色がこぼれ落ちている。公園か遊園地のようで、湿っぽい墓地のイメージを一新していた。

式が始まった。白布を巻いた碑の前に、ピンクとクリームと紅色の薔薇の花束が三つ置かれている。コンサートのステージで手渡すような大きなものである。

薔薇は古来多くの人びとに愛されてきた。鮮やかな色は祝賀の宴に、白の気品は悲しみの席にも飾られてきた。近頃は喪のおりにも淡い色の花を使うこともあるが、こんなにも華やかで匂いたつ花束を墓前で見たことはない。少し汚れたテディベアの縫いぐるみがクリーム色の薔薇に寄り掛かっている。穏やかな風が薔薇の香りをかき立てる。

布が外された。碑の裏面には二十代後半の女性に七歳と五歳の女の子の名前が続く。没年月日は三人とも一九九五年一月十七日、阪神大震災の日である。急遽海外出張から帰ってきた彼に手渡されたのは三つの骨壺だった。

「私は、誕生日にはそれぞれ好きだった花を贈っていました。上の娘にはピンク、下の娘にはクリーム、妻には紅色の薔薇ときまっていました。今日は私たちの結婚記念日でもあり、妻の三十歳の誕生日のはずでした。不謹慎と思いましたが、震災以来贈れなかった薔薇を墓前に供える我儘をお許しください」。

彼が大事そうに握り締めているペンダントには、先程一つまみずつ取り分けた三人の遺骨が納められている。それを持って明日は任地へ戻る。小春日和の微風に乗って悲しく華やかな香りは遠くまで広がっていった。

房江の匂い袋

野上員行
62歳　地方公務員　福岡県

たまさかに薔薇色のパフの夢見たり
　常臥して粧ふこともなき我　　房江

私が郷土の歌人長畑房江を初めて訪れたのは、昭和四十九年の春、房江が亡くなる前の年であった。胸椎カリエスの房江は、結核病棟のベッドに横たわっていた。

「やはり、私も女なんですよ。普通の女の人と同じように、美しい服も着たいし、化粧もしてみたい。もう三十年近く寝たきりというのに。おかしいですね」

乳から下が完全に麻痺し、手と首だけしか動かすことのできない房江は、手鏡を額の上に高くあげ、窓の外の風景を眺めながらつぶやくように言った。房江が動くたびに、房江の布団の中から化粧の匂いとは違った甘い香りが微かに漂った。それは、確かに化粧の匂いとは異なっていた。

「夫が私の体を拭いてくれ、いつもこの袋に香を入れ、持たせてくれました。これは、肌身離さず持っている夫の形見です」

房江は胸元から古びた西陣織の袋を取り出し、八年前に亡くなった夫を懐しむかのように、匂い袋をしっかりと握りしめた。その両手から、あの甘い香りは漂い、あたりを満たしていった。

音絶えし病院の夜半目覚め居り
匂い袋のほのかに匂ふ　　　房江

私は、房江の夫明二に会ったことはない。が、明二は二十年間、毎日房江に排尿、排便をさせ、膿孔の消毒をし、「病人は清潔にしておかないと嫌われる」と体を拭き、寝巻を換え、匂い袋を持たせたのである。房江は、死ぬまで匂い袋を手離さなかったという。

房江が亡くなって二十二年、私は、あの甘い香りを今もふと思い出すことがある。あの香りに、明二の房江に対する深い愛情と、それを素直に受け入れて強く生きた房江の生に人間らしい素晴しさを思うのである。

春節

徐競近
28歳　学生　東京都

あの夜実に寒かった。店から出た途端に、顔がナイフに刺されたように痛かった。蘭蘭ちゃんはすぐにスカーフを巻き、自転車で飛び出した。

駅の隣の公衆電話に着いたが、既にもう一人が電話ボックスの中にいた。北風の中で震え何分も待って、やっとボックスの中に入ったが、電話はどうしても通じなかった。

〝今日は向こうの大晦日だから、簡単に通じるわけがないね〟彼女は呟きながら、なおも電話をかけ続けた。単純な動作の中で、瞼が重くなり、身体も手すりの上に沈んできた。

〝トルルルー〟向こうの電話が鳴った。そして、母の声が伝わってくると、蘭蘭ちゃんは急に元気になり、〝私よ、新年おめでとう〟と呼び掛けた。母も挨拶したが、すぐに〝あら、もう一時半だよ、友達と何処で遊んだの、何を食べたか、大晦日は楽しかったか？〟

蘭蘭ちゃんは今まで八時間もラーメン屋でバイトをしたが、そんなことを言えなかった。何か言い逃れをしようと思ったが、母の方はもう興奮状態になり、一方的に言い続けた。

〝送ったお金が届いたよ、昨日はね、私はたくさんの料理を用意したのよ、皆昔買えない高級な物ばかりで、それに、お姉さんたちもあなたから貰った洋服を着て来たの。孫たちが花火を打ち上げたり、十二時までいたよ。すごく楽しかった……〃

母の話が長引き、料理の品からお正月に来るお客様の数、それにお年玉にかかる金まで詳しく説明した。

蘭蘭ちゃんは漠然としてカードの残り度数を一目ちらと見て、もう一枚入れたが、すでに三枚目で、彼女の日給の半分近くだった。母の話は遠い、遠い所のものだった。それでも皆が幸せだから、それでいいの、と蘭蘭ちゃんは思った。

電話の向こうで母はまだ言っている。〃日本の服って本当に綺麗、今度私に似合うのあったら、買ってきてね〃それで蘭蘭ちゃんは母のサイズを聞き、皆に挨拶を伝えてと言い残して、電話を切った。

家へ帰る途中で、ローソンでパンを買い、痺れるほど寒い真夜中に、再び自転車に乗ったが、コマーシャルの中の「田舎から出て、故郷が出来て、良かったなあ」という言葉がなんとなく頭の中に浮かんで来た。その時、蘭蘭ちゃんの眼の中に訳の分からない暖かい涙が溢れていた。

日向の匂い

村田千恵
40歳　主婦　大阪府

まどろみながら、懐かしい匂いを嗅いでいる。とても気持ちの安らぐ香り。秋の陽をたっぷり浴びた麦藁《むぎわら》のような、ちょっぴり切なさが混じる日向《ひなた》の匂いだ。ふざけて犬の真似をして、クンクンと鼻を近づける。もう、こらえきれないとぶるぶる肩を震わせて、忍び笑いが洩れてくる。眠ったふりをしている小さな娘の口元が、幸せそうに笑っている。気まぐれにぎゅっと抱きしめると、小犬のようにクフンと鼻を鳴らす。誰よりも無防備に、私に愛を伝える。木枯らしの吹く心寒い夜も、おまえは暖《あった》かい日向の匂いにまみれている。

離婚して一年が過ぎ、おまえは早や四歳の誕生日を迎える。仕事も順調、私は少し有頂天になっていた。おまえの父さんのことを思い出すことすらなかった。昨日の夜のことだった。配達に来た酒屋の新しく入った店員を見て、おまえは驚き慌てて私に告げに来た。

「父さんが、来てるで」

そう言われてみれば、少し似ている。ジッと食い入るようにその人を見ているおまえに、私は少なからず衝撃を受けていた。

私はおまえから、大切なものを取り上げてしまった。そして、父さんからも。そのことをずっと心の中に刻み込んでおこう。私は努力して精一杯の人生を送ろう。幸せを感じる時には、傷ついた人の心に思いをはせよう。おまえと二人で、ゆっくり少しずつ幸せになろう。

窓を木枯らしが、ガタガタと打ち鳴らして通り過ぎる。おまえの父さんは、今頃どうしているだろう。ただでさえ淋しく寒い夜を、独りぽっちで過ごしているのだろうか。誰か暖かい人が傍に居てくれるといい。

おまえがふいに覚えたての歌を唄い出す。調子っぱずれの音階は、父さんゆずりだ。人生は切なくて楽しい。まるで、おまえの日向の匂いのように。

記念写真

垣内 直子
28歳　主婦　京都府

花を囲んで家族全員で写した一枚の写真がある。満開の花と満身の笑顔の中にただ独り、厳めしい顔で腕組みをして座っている人物がいる。それが私の父である。

今時珍しく「父権」の存在する家庭で、父はとても厳しく頑固で我儘な人だ。自分の思い通りにならなければすぐに怒鳴りつけるので、私には子供の頃の悲しい思い出しかない。

そんな父は草花を育てる事が唯一の趣味だった。植物には私達には向けた事のない厚い眼差しで接し、大切に大切に扱う。人に優しくできない人間に草花を愛する資格なんてあるの!?　私にはそんな父が腹立たしく思えた。

「植物だけは裏切らんからな」というのが口癖の父とことごとく父の思い通りに育たない私はお互いを認め合わないまま、いつの間にかぎこちない関係になってしまっていた。

私の結婚が決まった時も、不機嫌そうな顔で一言、「勝手にしろ!!」と言っただけ。結婚式が近づいても私の事には無関心という態度で大きな鉢植えの手入れに余念がない。どうやら父のお気に入りらしく、その熱心な姿に私は少し嫉妬し、悲しい気持ちになった。

結婚式まであと一週間となった頃から、大きな鉢植えのつぼみが膨らみ始め、部屋に仄かな香りが立ちこめる様になり、父はいよいよその花にかかりきりになった。一つまた一つと花開き、まるで輪唱の様に後から後から弾ける香りはいつしか家中に拡がっていた。

その香りが満杯となった結婚式前日、大きな鉢の花は二十数本の見事な大輪をつけた。それは私の大好きなカサブランカだった。

「パパの気持ちなのよ」母の言葉に初めて気付いた。父は結婚式の日に満開のカサブランカで私を送りたかったのだ。晴れの日にすべての花が美しく咲きほこる様にずっと前から一生懸命育ててあげてくれたのだった。

「皆で写真を撮るぞ」父の号令に、胸につかえていた悲しみもわだかまりも喜びの香りの中に消えてしまっていた。

猫とキンモクセイ

市川 圭子
32歳 主婦 神奈川県

寂しかったんだと思う。知り合いなんて誰もいなかった。主人だけを頼りに、この街に嫁いで半年が過ぎていた。

庭のキンモクセイが香り始めて間もない頃、子猫の鳴き声が、一晩中聞こえていた。何かにすがりつくような、まさぐるような鳴き声は、明け方にはかすれはじめていた。

「捨て猫だろう？　ほうっておけば、そのうちいなくなるよ」

新聞を読みながら、朝食の席で義父が言った。ゴミの袋を片手に勝手口をでると、キンモクセイの香りが、むせるほど香っていた。敷石の上に、金色の小花がこぼれて、美しい幾何学模様を作っていた。パサッと小枝が揺れる音に振り返ると、茂みの中で何かが動いているのが見えた。

「子猫だっ」

とっさに私は視線をそらし、逃げるように走り出した。目があったらおしまい。何だかそんな気がしていた。嫁に来たばかりで、まだ家の中に自分の身の置き場も定まっていないというのに、猫を飼いたいなんて言えない。そんなことを考えていた。

集積所にゴミをおろすと私は作戦を練った。家の前まで来たら、目をつぶり、耳をふさいで勝手口までいそごう。短い距離だもの大丈夫。私は両手で耳をふさいで敷石をたどった。あとすこし、もうすこし、かな?と薄目を開けると、義母が勝手口を背にかがんで、不思議そうに私を見上げていた。義母の足元にはよろよろとたよりなげな小さな黒猫がいた。

「かわいそうに、捨てられちゃったのね」

義母はそう言うと背中を丸めて、猫の頭をなでた。斜光の中、その影が小さくなった。

「お義母さん。その猫飼ってもいいですか?」

突然、自分でも驚くほど素直に今、一番言いたいことが、口元からこぼれた。

「あら、私も今、同じ事を考えていたのよ」

義母がふっと笑いかけた。抱き上げた子猫は、キンモクセイの香りがした。

母の化粧

清水渡
54歳　会社員　千葉県

村役場の説明では父は復員船で博多に上陸し、遅くとも二日後にはわが家へ姿を見せるはずだったが、二日たっても三日たっても帰ってこなかった。わが家は日増しに重苦しい空気に包まれ、「やっぱり、復員名簿に名前がのってたのは何かの間違いだったんか……」と母は涙を流した。父の所属する部隊は、一年前にビルマ（今のミャンマー）で全滅したと伝えられていた。

母は女手一つで一家四人を養っていかねばならず、家の中で泣いてばかりはいられなかった。その日も、幼い私を連れて遠く離れた大豆畑へ草取りに出かけた。働き出してしばらくすると、近所に住むお春ばあが、手を振ってわめきながら走ってきた。

「おーい、平吉さが、平吉さが……。まっすぐ帰ってくればいいのに、戦友の遺骨を届けにあっちこっち回ってて遅くなったんだと」

母は私の手を摑んで走り出し、途中から足の遅い私を背負って走った。

「ああ、生きてた。ああ、生きてた……」と母はひっきりなしに声を出した。

家が近づくと母はふと足をゆるめ、手ぬぐいで顔の汗をぬぐったかと思うと、道端の蕗の葉を千切って手でもみ、それを顔にこすりつけた。一枚使い切ると走りながらまた一枚千切り、同じことをする。母は、庭に走り込むと、近所の人達に囲まれて縁側に腰掛けている父の膝へ私を背負ったまま大声をあげてすがりついた。

あの日から五十年の歳月が流れた。父母の墓参りの帰りには道端から円い蕗の葉を摘んで両手でもみ、そっと嗅いでみる。青臭いが、しばらくするとさわやかな香りに変わる。あのとき、父に会うために母は汗の臭いを消そうと、走りながら蕗の葉の汁で顔に化粧をしたのだ。形振《なりふ》りかまわず生きなければならなかったあの時代に、母の女心を垣間見たようで、蕗の葉は私にとって忘れられない野の香りとなっている。

朝のハーブコーヒー

阿部廣美

我が家には三人のバー様が居る。私の母七十六歳、母の妹七十三歳、義母（妻の母）七十五歳である。

この三人の朝は実に早い。真冬のどんなに寒い朝でも五時には起きて近くの公園まで散歩に出掛ける。散歩は健康のためだけではない。趣味の俳句を創るためでもある。

一時間程で散歩から帰ると、居間のソファの上に座り込んで朝食までの四、五十分、ミニ句会を行なうのである。散歩で見つけた四季の風景、生活を題材に……それは賑やかな句会である。この三人のバー様たちには、俳人としてのもう一つのこだわりをもっている。それは好物のコーヒーにハッカやペパーミントやローズマリーなどのハーブを入れてじっくり味わいながら飲むことである。

「御主人！　スペシャル入ったんネー、句会も始まるんネー」と、女性にしてはやけに低く色気のない声で私を呼ぶ。眠い目をこすりながらハーブコーヒーを一口頂く。口中に涼風が流れ、脳天を心地良く刺激する。丸い背もシャキッとする。

ハーブの香りが、欄間から入ってくる朝の新鮮な空気と、バー様たちの名句に喜んで室の中で遊んでいる。

三人三様で言葉を楽しみ、味を楽しみ、色を楽しんでいる。ゆったりとした朝の時間が、十七文字の言葉だけを残して惜しむように流れていく。

「御飯できたわよ！」妻の甲高い声がする。居間のドアを開けると一気にハーブコーヒーの香りが廊下から家中に広がる。

「この家《うち》、毎朝いいにおいするんけん……」小学一年の次女の口ぐせである。

こんな楽しい幸せな朝が、あと何年、何日続くだろうか。一日でも長く続くことを祈って、今朝もまた、ハーブコーヒーの香りと一緒に出勤するのである。

（47歳　地方公務員　静岡県）

藪椿

洪原 悦子

「おまえが男の子だったらナァ……」が父の口ぐせだった。

そう言いながら青果を営む父はオンボロトラックの助手席に私を乗せ、どこへでも連れていった。市場の中は広く山のように積まれた新鮮な野菜や果物がピカピカと輝いていた。私は一人で遊び、そして父の姿が見えなくなると不安になったり、お腹《なか》をすかして待ちくたびれていると、「誰にも内緒じゃよ……」と目の前に父のさし出す黄色いバナナの房があらわれた。昭和三十年代の初め、バナナは高級品であった。しかも商売用の貴重な商品である。それは父と私だけの秘密めいた何やらとろけるような香りと味がした。

私が父についていくのは美味《おい》しいバナナが食べられる誘惑と、もう一つ母の作戦でもあったらしい。どうやら父は浮気をしているらしく女の人がいるというのだ。つまり私は子供ながらにも立派な父の監視役という訳である。だが、どう見ても風采《ふうさい》の上らない無口な父に母以外の女の人がいるなんて、子供心にも信じられなかった。市場の事務の奇麗なお姉さんでもないし、粋《いき》のいい食堂のおばちゃんでもなさそうだし、良くわからない。

ある夜の事、家の近くまで帰ってきた時、父は急に車を止め、「見てみい、きれいやろ……」と言ってパッと地面にライトを向けた。そこに浮かび上ったのは、たくさんの落ちた燃えるように赤い藪椿の花だった。息をのむほど瑞《みず》々しい真赤な花弁と黄色の花粉が鮮やかで、藪椿の蜜《みつ》の香りがいつのまにかバナナの甘い香りと重なり溶けあって車中をあふれるほど満たした。

子供心に無粋な父の知らない違う一面を見た思いがしたが、あの時のバナナは何かの口止めだったのか、それとも本当に浮気の女の人がいたのか、それは今でも謎《なぞ》である。

（46歳　主婦　京都府）

香りはタイムマシン
時空を越えて

室町時代以降、個々に固有名詞が付与された上質な沈水香木《じんすいこうぼく》。
江戸初期には、東福門院に命名された「青葉」という木が伝来しています。
畑正高実行委員長は、作品集『かおり風景』でその史実にふれ、
「もしこの木を薫《た》くことが許されるならば
『青葉』と名付けた故院の感性に想いを馳せる楽しみが生れてくる」と書きました。
「香りは、時空を越えることができる」タイムマシンであるかのように。
それは二十一世紀を目前にした永遠への憧れ。
同作品集では、ゲスト執筆者の西洋美術史家 森洋子氏が、
ピーテル・ブリューゲルの絵に十六世紀のフランドル地方のニシンとワッフルの香りを堪能し、
中田浩二審査委員は、二十世紀のアメリカの文豪レイモンド・カーヴァーのシアトルの家で見た、
その詩「夜になると鮭は……」を想起させる絵に、文豪の香りを感じていました。
大阪大空襲と阪神大震災のときの喪失感を経験した藤本義一審査委員長は、それでも香った自然の草花、
その、人を癒す香りに「薫香が二十一世紀に伝えたい唯一の遺産である」と断言しました。

1997

第13回［香・大賞］入賞作品

一九九七年募集・一九九八年発表

香り初《はじ》める

浅賀 恵美
37歳　主婦　東京都

私が自分の香りを決めたのは、中学生の時だ。「ベルサイユのバラ」がヒットした当時、中世のフランスの女性がバラの花束を抱えたラベルに魅かれ、母にねだって買ってもらった。背伸びして手に入れた初めての香水である。セーラー服には、およそ似つかわしくない、甘くむせるような、大人の香りだった。香水の瓶は、人形たちと一緒に部屋に飾られた。大人になっても身の回りの事には無頓着で、香水はおろか、化粧水もろくに付けなかったが、母はその後も、それが私の香水と思い、海外旅行の度に買って来てくれた。香水の瓶は琥珀色のまま、今度は化粧台の前に並べられている。一番新しい、一瓶以外は。

一か月前、私は開胸手術をした。手術の朝、女として最後の砦であったマニキュアを落とした。化粧もしていない。白いマスクで顔中を埋めた外科医が頭の中に浮かぶ。それでもバッグの中から、入院する時に持って来た小さな瓶を取り出した。人差し指の先を少しだけ濡らし、それを耳の後ろにそっと押しあてる。昔から知っていた筈なのに、初めて出会う香りだった。甘く優しく妖艶な香り。香りが私になったのか、私が香りになったのか、よく解らないが、私はその時、自分が誰よりも美しい様な気がした。たとえ手術台の上で、生まれたままの姿であっても、ライトを浴びた私は、本当に美しいだろうと思った。手術室に入る前、泣きそうな顔の夫に、

「キスしようよ」と言った。恥ずかしがっていたが、二度目に言った時、フワッと顔が近づいた。あの時の私の香りは、届いただろうか。

今、服を脱ぎ、鏡の前に立つ。胸の真ん中を、赤紫の色鉛筆で引いたように、一五センチの線が通る。熱いものが込み上げて来るのをこらえ、香水の瓶に手を伸ばす。今日は、結婚記念日だから。大人の女の香りが、本当に似合うようになったと思う。

牛蒡《ごぼう》

今中 浩恵
43歳 主婦 奈良県

夜明け前、鳴り響く電話で目が覚めた。

夫の父が亡くなった、との報せだった。

春まだ遠い二月の事。肌を刺すような凍った風の中、夫と二人実家に向った。自転車で十分程の距離が果てしなく遠くに感じられる。

夫にしがみ付きながら、体が震えて仕方がなかった。無言でペダルを踏む夫の背からも震えが伝わってくる。物言わぬ背中が私を責めているようで、腰に回した手に力を込めた。

昨夜、私達はつまらぬ事で諍いをした。義父はそんな喧嘩の最中にふらりとやって来た。

「お茶でも淹《い》れてくれや」

そう言った夫の言葉に返事をしなかった。

「かまへんで、もう帰るよって」

部屋の隅にぽつんと座っていた義父が立ち上がりながら言った。

「勇一はもう寝たんか、ちょっと顔見たいねんけどな」

一歳になる息子が奥で寝息をたてている。

「今やっと寝たばかりですので……」

頑なな気持ちが言わせた言葉だった。

夫が私を睨んでいる。

「そうか……、そしたら帰るわ」

いつもなら玄関まで送って出るのに、その夜はそれすらしなかった。

「おとちゃん、なんか変やったな」

義父の肩を落とした後ろ姿が目の奥に残る。

私達に別れを告げた後、義父は六十年の生涯に自ら終止符を打った。

葬儀の日、義母は泣き崩れながら棺に牛蒡を入れた。

「お父さんが極楽へ行くのに杖の替りになるようにな」

土の匂いに深い悲しみと悔いが込み上げる。

農作業に明け暮れた義父の人生の匂いだ。

「おとちゃん、あの世でも米を作るんやろな、もう土地の事なんて何も心配いらんしな」

夫は涙で顔をぐしょぐしょにして言った。

あれから二十年、今でも私達の喧嘩の仲裁役は義父の背中と、牛蒡の匂いだ。

ジャムを煮る

加藤エイ
60歳　主婦　岩手県

これといったわけなどないのに、悲しくなる時、ふっと淋しくなってしまう時。

ジャムを煮る。

とろ火にかけたホウロウ鍋の中で、半解凍の梅肉のつるりとした固まりが、透明な汁を出しながらだんだん柔らかくなり滑らかな梅汁になっていく。あらかた液状になるのを待って、真っ白な砂糖を加える。それから竹のしゃもじで鍋底から軽くかき回す。日の光をいっぱい浴びた梅の実の明るい橙色の汁が、煮立って規則正しいリズムを感じさせる小さな盛り上がりとなり、次つぎと弾ける。

フツーッ、フツーッ、フツーッ
台所中、家中、甘いような酸っぱいような香りが広がる。熱でとろとろになった梅汁の、まるで小さな呟きのような音に耳を傾けながら、私は誰にともなく語りかけている。

〝ああ、いい香り。悲しいって言ったって、淋しいって言ったって、本当は、大したことではなかったんだね〟

甘いような酸っぱいような梅の香りをいっぱいに吸い込みながら、ゆっくり、ゆっくりしゃもじを動かす四十分ほど。次第しだいに、こうしてジャムを作り、いい香りに包まれていること自体幸せというものなのかも知れないと思えてくる。

〝ああ、いい香り。夫がいて、子供たちがいて、こうしてジャムを煮ている〟

鍋の中の明るく澄んだ橙色の梅汁が、もったりとしてきて飴色の梅ジャムに変わってからも、暫くの間、いい香りに包まれてとても幸せな気分に満たされるのだ。

毎年、七月も終わる頃、庭でたくさんの橙色に熟した落ち梅を拾う。薄皮をむき、同じ要領でくるくるむいて種を除き、身だけを小分けして冷凍庫に保存する。

悲しい時、淋しい時、取り出しては梅ジャムを作りたくなる。甘酸っぱく懐かしいような香りに包まれて、幸せに気づきたくなる。

チャーハン

竹内 謙礼
27歳 会社員 千葉県

大きな火柱が上がり、キツネ色のご飯が弧を描きながら宙に舞った。僕の鼻先にはこんがりと焼けた肉と卵、そして焼き飯《めし》の香りが漂う。そろそろだ。ゴクリと唾を飲み込む。

幼い頃、父の働く中華料理屋へ遊びに行くと、決まって僕はチャーハンをせがんだ。他にも中華料理はあるんだぞ、といわれても僕は父の作るチャーハンが大好きだった。

そんな父が中華料理屋を突然辞めてしまった。ちょうど僕が小学五年生の時である。

「一生、鍋や包丁と付き合うのはイヤだ」

父はそう言って中華料理屋をたたんで、いきなり小さな会社を起こして事業を始めた。が、一年後には不渡りを出して会社は倒産。大きな借金をかかえて、ボロボロになって父は帰ってきた。

それ以来、父は事業に失敗したショックからかボーッとしているだけの抜け殻になった。目がうつろで、大きな火柱を相手に鍋を振るう面影はどこにもなかった。

「チャーハン作ってよ」

父に突然そんなことを言った。何もせずにくよくよしている父を見ているのが嫌だった。

「ねー、作ってよ!」

せがむ僕を父はしばらく黙って見ていたが、むくりと立ち上がって台所にある小さな鍋を火にかけた。懐かしいしぐさで鍋をカシャカシャとひっくり返し、台所には焼き飯の香りが漂い始めた。

差し出されたチャーハンにはろくに具も入っていなかった。でも、また父がチャーハンを作ってくれたことがなにより嬉しかった。

「おいしいよ、うん、やっぱり父さんが作ったチャーハンが世界で一番だよ」

そう言うと父は久しぶりにニコリと笑った。それからしばらくして、父は元気になり、また中華料理屋を始めた。

あれから十五年。父はいまだに僕が店に遊びに行くと、焼き飯の匂いが香ばしい、世界で一番おいしいチャーハンを作ってくれる。

ママのハンカチ

藤枝 嘉代
45歳　主婦　福岡県

「ママ！　今度からお利口さんにするけん、僕も家に連れて帰って！　お願い」泣き叫ぶ息子。

小学校に、入学して僅か一ヵ月後の入院騒ぎは、我が家にとって青天の霹靂であった。

一歳九ヵ月で妹が誕生し、お兄ちゃんになって小さいながらも、何かと我慢してきたに違いない。

幼稚園では、ピアニカが上手だと先生から誉められたが、ほとんど目立たないおとなしい男の子であった。

そんな愛しい我が子に、突然の入院宣告されたらどこの親でも、心中穏やかではない。

誰を恨むことも出来ず、最初のうちは悲痛の嵐に身を任せるのみでしかなかった。

午後二時から七時まで、親だけ入室できる病室に自宅から二時間近くかけて通い続けた。

病室では、私の来るのを待ち焦がれていた息子が、私の顔を見るなりしがみついて離れない。帰る時刻になると、泣き叫ぶ。そんな息子がある日
「ママ、今日はハンカチば置いていって。ママが帰った後、ママの匂いがすると安心するけん」

溢れそうになった涙を必死で呑み込み、私は笑顔で

「わぁ、嬉しか。ママが帰った後も、しゅうちゃんと一緒におられるとやね」

そう言ってバッグの中から、ハンカチを取り出した。次の日、病室に行くと小さな枕の傍らにハンカチが、大事そうにそっと、置いてあった。

暫くして、私は交換日記を思いついた。覚えたてのたどたどしい文字には、鏡文字や意味不明の言葉もあったが、それはそれで楽しかった。そんな中

「ママ、びょうきをしないようきおつけてくらさい。ちゅうしゃはいたいですよ」など、優しい思いやりも発見し、心が和んだ。

あれから十一年、入院騒ぎは思い出となり今、大学受験を控え、にきびと髭が入り交じった顔は、昔のように可愛いとは言い難いが逞しく青春を謳歌している。そして、男らしい匂いにドキッとさせられる時もある。

三角定規

菊岡 豊
74歳 無職 京都府

通院から、同院の病室に移った。

二匹の鬼が肩に乗っているらしく、疎ましい二匹をあやし乍《なが》ら、余生を送らねばならない、と、言われて入院に踏み切った。

入院生活に侘しさはなかった。

てきぱきと働く看護婦さん達を眺め、年甲斐もなく目を細めたものだが、他に、私には強い味方がいた——表面に無数の傷が走り、角がゆるんだ二枚の三角定規と、錆びたコンパスである。そのお陰で軌跡や作図問題を解き、悠長な退屈さを消化できたのである。

ある日、一つの意図をもって三角定規を手に、病院の玄関前に立った。冷たい風が快い。

本屋がある。本屋と病院は、車の往来のはげしい道路を隔てて対峙している。

道路の幅を目測で、十二米《メートル》と読んだ。三角定規の六十度角を目に近づけ、直角に沿う一辺の延長線上に、本屋の入口を置いた。予想通り、鰻屋が三十度角の先に在った。

「分かったぞ。道幅が十二米、すると、鰻屋と本屋の距離は、二十一米と見てよい。病院と二つの店

を結ぶと、目には見えないが、面積百二十六平方米もある直角三角形が、路上に横たわっていること
になるんや！」

ピタゴラスにでもなったかのように、幼稚な興奮の中で、思わず唸った。

入院後十日目に、一日の外泊を取った。

病院から出るや、足早に鰻屋へ行き、その足で本屋に寄って不要な雑誌を買った――。

「外泊中に、蒲焼きやお酒を口にしてもいいの？」と、妻は諦め顔で言った。

私以外に、誰も知らない直角三角形を宙に描き、蒲焼きを噛み酒をふくんだ。異質な二つの香りが、
舌の上で庶民的なメヌエットを踊った。二つは鼻と喉の奥へ消えた。

消えた二つを惜しむのか、肩の二匹が退廃的な歌を合唱し始めた。

「もっと喰え、もっと呑め。ケ・セラ、セラ、なるようになるわ……」

父の贈り物

山本 登喜子
42歳 自営業 大阪府

七年前私は無性に何かを変えてみたかった。

韓国の釜山で暮らすようになった父に会うために、大阪から飛行機に乗る間際の免税店でふと足を止めた。たくさん並ぶ香水を見ているうちに、香水をかえてみようと思った。

目についたのはゲランの『夜間飛行』。ゴールドの透かし彫りの容器が凝っていた。私はそれを買いながら、作家であり飛行機の操縦士でもあったサン＝テグジュペリを思い出していた。

父に会うのは十年ぶりだった。在日韓国人として会社を経営しながら、日本人である私の母ともずっと別居したままで、ある日突然日本での生活のすべてを清算して、生まれ故郷釜山に一人で帰っていった。空港に出迎えた父はチェックのジャケットを着て帽子もかぶり相変わらずおしゃれである。

父のコーヒー好きは昔とかわっていないが、いつものブラックではなく、なぜか砂糖を入れていた。

「こっちではみんなこうするんだよ」

初めて寂しげな顔をした。

父は父なりに気を使って生きている。「在日」であったことはこの国ではなんの自慢にもならないのだ。

「成人式の振袖を買ってやらなかったからチマ・チョゴリをプレゼントしよう」

突然の父の提案に戸惑っている私を連れて、父は生地を選び始めた。急がせて三日間で仕上がった濃いエンジとピンクの二色に地紋のはいったチマ・チョゴリは、不思議と私によく似合った。父に見せる前に、私は空港で買った『夜間飛行』をスカートの中にスプレーした。動くとやさしくふくらむチマ・チョゴリの裾から香りがたちのぼった。鋭く鼻をついた鮮やかな香りは、一瞬のうちに消え去り、ちょうど寒い夜の流星のように思えた。父は私の姿を見るなり眼鏡の奥の目を涙でいっぱいにして部屋を出て行ってしまった。

そんな父も三年前に亡くなり、ついに一緒に住むことのなかった私にとって、チマ・チョゴリは父の唯一の形見となった。私はその箱の中に、使い切ってしまった『夜間飛行』の瓶を今でも一緒に入れている。

倒産

鈴木 噌夫
58歳　会社員　神奈川県

三十年程前、私は初めて倒産を経験した。大口取引先のA社が経営に行詰り、内密に資金援助を要請してきた時であった。私は在庫調査を命じられ、会社の監査という名目でA社の下請会社を訪れた。まだ、どこにも漏れていない話で、そのことは堅く口止めされていた。自宅兼用の事務所を訪れると、奥さんがお茶の代りに抹茶をたてて持ってきてくれた。世間話の後、実直そうな社長は「実は、A社にとかくの噂がございます。大丈夫でしょうか？」と不安そうに私を見た。どこからか噂が流れていたようだった。私が何食わぬ顔で「何も聞いておりませんけど……」と嘘をつくと、社長は暫く沈黙した後、いきなりその場に跪《ひざまず》いた。「本当のことを教えて下さい。A社が潰れたら、下請の私達はたちまち一家離散しなくてはいけません」親子ほど年の離れた私の前に土下座した社長の姿には、生活を支える一家の主としての必死さが漲っていた。私は混乱した。〈話すことで、この家族が救われるかもしれない〉という思いと〈会社の方針に背くことになる〉という考えが錯綜し、どうしていいか判らなかった。そして、結局「何も知らない」ということで押通した。社長は、床から立ち上がると、食入るように私を見据えて「本当ですね」と言った。その目は、私の心の中を覗きこむように、鋭く私を刺した。それから、安心したような柔和な笑顔に戻った。私はその顔をまともに見ることが出来なかった。目を逸らして、冷えきった抹茶を口にすると、苦い味と共に香しい抹茶の香りが口中に広がった。

その後、私は諸々の倒産を見てきた。住み慣れた土地を離れていった者、老齢になって未経験な仕事についた人等様々である。しかし、多くの人の人生を狂わす倒産を見る度に、あの時の私の判断は正しかったのだろうか、という思いが心を過《よぎ》る。抹茶の香りと共に浮ぶあの時の社長の顔が、今でも心にしこりとなって残っている。

リンスの女

葛西 志保
16歳 学生 東京都

香りとは何か、と、友人と語り合ったことがある。

学校へ行くために乗った満員電車の中で、私達の前に立った女の長い髪が、強烈なリンスのにおいをふりまいていた時のことである。

私は言った。「で、私としてはさ、〃香り〃っていうものの第一条件として、〃ほのかに漂うものであること〃っていうのがあると思うのね」。「ふんふん、そうね。それはある。〃香り〃ってのは、上品で、ふっと吹いただけでもうどこかへ行っちゃうような、張り詰められた神経だけが、その瞬間にふっと感じることができるような、そういうものであるべきなんだな。だからさ、鼻につくほどむんむんきたら、それはもう〃香り〃じゃないね」。「はかなさに欠けると……」。「そ。少しでも力強いところがあれば、それはもう〃香り〃じゃない。〃匂い〃なのよ。どんなに高級な香水でも、むんむんきたら、〃香り〃じゃない。ましてや、安っぽいリンスなんかがぷんぷんきたりした時には……」。

彼は意味ありげに言葉をきる。リンス女はもぞもぞし始めた。周りの人も、もぞもぞした。「これはもう、〃匂い〃どころじゃなくてね、『私は最近髪の毛を洗いました!!』ってことを示すただの証拠なのよ。で、その証拠の悪いとこはさ、ほとんどの人間がその強すぎるにおいが大っ嫌いなのにさ、そいつはあまりにも高飛車に、その存在を主張するんだなあ」。「それはなんとも迷惑な……」。ここまできたところで、電車は駅に着いた。

私達に、むせかえるようなにおいの中で香りを語る機会を与えたリンス女は、ホームにすっくと立ち、私達をキッとにらんでいた。私達は天使のように素直そうな顔をして、しずしずと階段を上って行った。

打ちこみうどん

佐藤 節子

「長い間看病ご苦労さん。ところで今晩母さんの全快祝って打ちこみうどんしようと思うんだ。都合どう」弟の電話の声が弾んでいる。

「いいわよ」私は二つ返事でオーケーする。

母が胃の手術を受けたのは十月末のことだ。

「お母さんの場合早急に手術を要するものではないのですが、まあ最終的には手術するのがベターでしょうね」との医師の説明に、母と同居する弟は八十歳という母親の年齢を考え手術に消極的で、手術賛成派の私とは少しく対立していた。「高齢のおふくろに開腹の痛みを味わせたくない」と主張する彼に「だからこそ一日でも早くオペすべきよ」と譲らない私。姉弟の溝は日増しに深くなっていた。

そんな中で手術を決意したのは他ならぬ母で「あんた達の気持ちはどちらも有り難いけど母さんこの先まだ十年は人生楽しみたいから手術に踏みきるわ」と微塵も悲壮感のないむしろ晴れやかな表情で言い切ったのである。

二十代で戦争未亡人となり二人の遺児を育てあげた女性のもつ逞しさと潔い決断力に圧倒された私は、即座に母の看護を志願し手術から退院まで病室で付き添った。胃を半分切除したとはいえ何事にも前向きで楽天的な母の経過は主治医も舌を巻くほどの目ざましい回復ぶりで、術後僅か二十二日で退院が許された。そんなわけで母の退院祝いは内輪だけで、しかし飛びきり盛大に行われたのである。

わが家の祝いの席には欠かせない〝打ちこみうどん〟の大鍋が床の間で煮立ち、そのだし汁の中へ弟が手打ちしたうどんを威勢よくぶちこむ。最後に大量の青葱を切り入れ醤油で味付けすると野趣あふれる縁起うどんの完成だ。母がうどんに箸を伸ばす。その瞬間弟が姉弟冷戦の終りを宣言するかのように二本指のVサインを高々と天井に向けた。

大鍋から立ち昇るうどん汁と青葱の素朴な香りが、胃も身体もちょっぴり小さくなった母を労るようにゆるやかに包みこんでいる。

（59歳　主婦　徳島県）

サンマ寿し

ふたりしずか

今年もサンマ寿しのシーズンが来た。こいつとこうして面と向かうたびに、かつて実家の商売を嫌って家、飛び出した二十歳の頃がなつかしくよみがえってくる。和歌山県新宮市、人口三万足らずの田舎町になんで、乳のみ児二人抱えてまでの家出だったのか、今から考えれば無鉄砲としか言いようのない行動だった。この地には二つの心強い味方があった。一つは私達夫婦の仲人をしてくれたおじさん夫婦、そしてもう一つは女房方の両親であった。でもこの心強い二つの味方に甘えすぎた私の仕事ぶりは目をおおうばかりで、三日坊主もいいとこ、その日、働きにでかけたと思ったら半日も経たないうちにケツを割り、昼弁当だけを食べてのこのこと帰ってくるぶざまこの上ない子持ち二人亭主であった。ホテルのフロントマン、喫茶バーテン、米屋の店員、スーパーの店員、レコード店店員、こんな小さな町の隅から隅まで荒らしまくったその上に隣町の勝浦温泉にまで手を伸ばして皆を泣かせた。「えらい奴、ムコにもったな」誰れもがお手上げの状態であった。まともに仕事に就かないものだから、食事だって当然、はかないものが続く。サンマの丸干し焼きを女房子供達に与えて自分はといえばその頭をおかずに茶がゆをすする始末、実にみじめである。三畳一間に親子四人、一年は続いたろうか。いたたまれないこんな状態を聞きつけた神戸の親父がある日、飛んで来て、有無も言わせず殴りつけてきた。この事件を機会にしてまるで嘘のように真人間に早変わり、今までの償いとばかりに仕事に根を詰めて働きまくった。サンマ寿し、ゆずの香りが三畳一間にプーンと漂って新たな私のまとも人生を祝うかのようにまぶしく香る。あの日父のおごりですすけたその室に青光りする大皿に盛られたサンマ寿しをほおばり食いしたあの時の香り、本当に三十七年にもなろうとしているのに鮮やかに胸しめつけられるほどせつなく残っている。と同時に「この馬鹿野郎」の一言が何故か届く。

（58歳　自営業　兵庫県）

飯が炊ける香り

木村 庸彦

「おっ！　香ってきたぞー。うーん、いい香りだー」

釜の蓋を突き上げて、妻が炊く飯の香りが都会の安普請のわが家に充満した。

この香りを嗅ぐ時、もう五十年も前の田舎での夏の日のにがい思いが、ふとわしの脳裏をよぎる。

幼いわしが乗ったリヤカーは椎林の森陰まで突っ走って止まった。強烈な黄ばんだ西日が椎の梢を黄金に染めていた記憶がある。

三つ上の兄はわしを乗せたリヤカーの柄に腰掛けたまま、もう動こうとしなかった。

夏の夕暮れのツクツクボウシがいよいよせつなく鳴いていた。

「兄ちゃん、もう、帰ろう」

わしは心細くなって言った。

兄は、「ふん、帰ろうか」と気がのらない返事をした。帰る時間を少しでも先延ばしにしようとしているのが、わしにも分かった。

――いま、弟をうちにつれて帰るのは早い。まだ、父と母は互いに相手を罵りあっている最中だろう。みにくい父母の姿を弟に見せるわけにはいかない――。

そんな思いが、兄にあったにちがいない。

兄もわしも黙ったまま長いことそこに留まった。これから父と母はどうなるんだろう。

不安がわしの心に渦まいていた。

まだ小学校二年だったわしは、リヤカーの中で枠にしがみつき、わんわん泣いた。

そして涙が乾くと、森の反対側に広がっている稲田をじっと見詰めた。

遠くの山からザワザワ音を立てながら風が吹いてきた。すると、出たての稲穂が大袈裟にしなってお辞儀をした。

そして風が去った後は、飯が炊き上がる時の仄かにいい香りがわしの鼻孔をつついた。

温《あった》かい香りに誘われて、祈る思いで家に帰り着くと、もう母はいなかった。

わし達はその日から三人だけの父子家庭になったのだ。


（58歳　教員　神奈川県）

写し絵

鈴木 泰則

ひとり寝《ぬ》る草の枕のうつりがは
垣根のむめのにほひなりけり

かつて西行法師の和歌を読んで、ことさらに心をひかれた一首として印象深い。「ひとり寝る草の枕のうつりがは」の上の句は、「心なき身」の法師にして、はなはだ艶なる風情である。だが、今でも忘れられないのは、その艶やかな趣のためではない。法師の鋭敏な感覚が、ものの性質をなまなましくとらえ、それをみごとに言葉にしているからだった。

梅の香りはぬるさを嫌う。人が活動しだして温度が上がり、生活臭がただよいはじめると、もうどこにもなくなってしまう。朝の冷や冷やとした空気が、まだ撹拌されないころ、あるいは、人の動きが静に収束していく夜更けに、ほのかに香り出すように思える。この歌は、早春の夜の冷気の中に、まるでだれかの移り香のように危うく鼻を打った梅の香りを、鋭敏にとらえている。

ところが、この歌の魅力はそれだけではない。香りが、ある温度の中でどのように広がっていくのかということを、正確に描ききっているように思われる。法師は、夜、ひとりそっと横たわるまで梅の香りに気がつかなかった。身を横たえて初めて、微かな梅の香りに気がついたという。それまでの梅の香りは、春寒の中で、まさに地をはうように静かに広がっていたということである。

香りは、温度という仲立ちによってさまざまに能力を変え、空気にいろいろな形を与える。それが時によっては、まるで目にしない空間の写し絵のように人の前に現れる。西行は、冷気の底に水平に広がった香りだけによって、闇に浮かぶ垣根の梅の姿、そしてその花のひかえめな艶やかさまでを、なまなましく感じ取ることができたのだと思う。

(48歳　教員　神奈川県)

香りの表現について

中田 浩二
ジャーナリスト
「香・大賞」審査委員

日本の古典的な和歌集に、梅の香を詠んだ有名な歌があります。菅原道真が太宰府の配所で詠んだといわれる歌、「東風《こち》吹かば　においおこせよ　梅の花　あるじなしとて　春を忘るな」（拾遺集・雑春）。紀友則が恋しいひとにわが胸のうちを伝えようと詠んだ歌、「君ならで　誰にか見せん　梅の花　色をも香をも　知る人ぞ知る」（古今和歌集）。いずれも、梅の香に、己れの心情を託した文学的な表現として多くの人々に知られています。

古今、新古今はもとより、日本の古典文学の中には、香りについての表現が豊かにあります。香りが人々の生活の中に溶けこんでくるにしたがい、素朴で直感的で視覚に訴える表現しか出来なかった香りの表現が、雅とゆとりの文化とともに、優雅、幽玄へと昇華していくのがわかります。

日本人の香りについての表現は、春夏秋冬の四季感を基調に、六根（目、耳、鼻、舌、身、意）、六塵（色、声、香、味、触、法）を複雑に調和させながら、その時代、その人々の生活と文化の中にみごとに花開いていくのです。毎年多くのエッセイを読ませていただき、現代もまさにその時代である感はますます強くなります。

古典文学も、また「香・大賞」の応募作品も、いくつかの表現形体に分類出来ます。まず香りそのものを率直に表現したもの。その多くは花の香りですが、梅も沈丁花も金木犀も、その直感的な表現は万葉びとも現代人もそう変わっていないのに驚きます。それが常に季節の移り変わりとともに表現されているのも、日本人ならではの繊細な感覚でしょう。しかも、香りがいつも風景をともなっています。旅先の風物であったり、鳥や草木、川や海辺であったりします。

ついで、香りが人をしのぶ表現になってゆきます。古今和歌集には紀貫之の「あるじみまかりにける人の家の梅の花をみてよめる」と題する哀傷歌「色も香も昔のこさに　匂えども　うえけん人の　影ぞこいしき」があります。現代では匂袋で亡き母をしのび、古びた背広で致死した父を想う。一人になった部屋で嫁いだ姉を慕うメモワールにもなります。石鹸の香りに大陸からの引き揚げ体験や終戦直後の生活をしのぶのもその類に入りましょう。

そして、香りにわがこころのうちを記す表現は冒頭で紹介したように、最もポピュラーで誰もが一度は書き残そうと思う香りの表現でしょう。それが現代では、時の香り、時間の経過が加味された表現となって現れ出てきています。恋人との愛を育てる時の推移、わが子の成長に込められた祈り、さらには人知れずに悩む愛の香りといったように、時が熟成する香りを表現しようとした作品も目立ってきています。

さらに、自分自身のメッセージを、本来香りのないもの、たとえば雪、風、神、あるいは涙といったものに映し、わが心の深層の香りを表現しようとするなど、文学の香り、文章の香りは、ますます多様になってきています。それだけ私たちのこころも馥郁《ふくいく》たるものになってきたのでしょう。

第3回『かおり風景』(一九八八年発行)掲載

藤本 義一《ふじもと ぎいち》 作家

一九三三年大阪生まれ。大学在学中にラジオドラマや舞台の脚本を書き始め、一九六八年に作家デビュー。一九七四年、『鬼の詩』で上方落語家の芸の世界を描き第71回直木賞を受賞した。以後、文芸作品からエッセイ、社会評論まで数多くの著作を発表し、生涯出版した著書の数は二百冊以上。一九六五年から一九九〇年まで放送されたTV番組「11PM」では司会を務め、全国的に知られる。近世上方文学から現代の大阪のお笑いまで大阪の文化的風土をこよなく愛した作家である。二〇一二年逝去。

中田 浩二《なかだ こうじ》 ジャーナリスト

一九三八年東京都中央区日本橋生まれ。慶應義塾大学文学部国文科卒。読売新聞社に入社し、文化部記者、文化部次長を経て文化部長に。「文芸」時評を担当。現在ジャーナリストとして活躍中。「ホタルの里」(三田文学)で第57回直木賞候補。著書に『立原正秋の香気』(角川書店)、『自分を生き抜く流儀』『江戸は踊る!』(PHP研究所)など。

畑 正高《はた まさたか》 香老舗 松栄堂社長

一九五四年京都生まれ。大学卒業後、香老舗 松栄堂に入社。一九九八年、同社代表取締役社長に就任。社業の傍ら「香文化」普及発展のため国内外での講演・文化活動にも意欲的に取り組み、その功績により二〇〇四年ボストン日本協会よりセーヤー賞を受賞。環境省 かおり環境部会委員、京都府教育委員会委員長(二〇一二年～二〇一五年)、同志社女子大学非常勤講師などの公職も務める。著書に『香清話』(淡交社)、『香三才』(東京書籍)、関連書籍として『香千載』(光村推古書院)などがある。

香りエッセイ30年――

かおり風景 全3巻 ① 一九八五年～一九九七年

二〇一六年四月五日 初版発行

監 修 香老舗 松栄堂

編 者 「香・大賞」実行委員会

発行者 納屋嘉人

発行所 株式会社 淡交社

本社 〒六〇三-八五八八 京都市北区堀川通鞍馬口上ル

営業 (〇七五) 四三二-五一五一

編集 (〇七五) 四三二-五一六一

支社 〒一六二-〇〇六一 東京都新宿区市谷柳町三九-一

営業 (〇三) 五二六九-七九四一

編集 (〇三) 五二六九-一六九一

http://www.tankosha.co.jp

印刷・製本 図書印刷株式会社

ISBN978-4-473-04086-2

定価はケースに表示してあります。

落丁・乱丁本がございましたら、小社「出版営業部」宛にお送りください。
送料小社負担にてお取り替えいたします。